Lima Barreto

Adaptação: Paulo Bentancur
Leitura crítica: Sérgio Luís Fischer e Rafael Peruzzo Jardim
Supervisão: Pedro de Moraes Garcez, Paulo Coimbra Guedes e Rosa Maria Bueno Fischer
Coordenação geral: Nilton Bueno Fischer, Jaqueline Moll e Luís Augusto Fischer

Triste Fim de Policarpo Quaresma

Versão adaptada para novos leitores

L&PM EDITORES

Coleção É só o Começo

NOTA EDITORIAL

Esta edição foi baseada na versão integral do texto de Lima Barreto. O texto original foi reduzido em tamanho e a linguagem foi adaptada para um público específico, o de neoleitores, segundo critérios lingüísticos (redução do repertório vocabular, supressão ou mudança de pronomes, desdobramento de orações, preenchimento de sujeitos, etc.) e literários (abertura de capítulos, desdobramento de parágrafos, reordenação de informações no tempo e no espaço, ênfase na caracterização de personagens, etc.) que visam oferecer uma narrativa fluente, acessível e de qualidade.

Concepção e coordenação do projeto: L&PM Editores
Apoio: UNESCO
Equipe editorial: Ivan Pinheiro Machado, Paulo de Almeida Lima, Lúcia Bohrer, Vera Shida e Caroline Chang
Capa e projeto gráfico: Marco Cena/Cena Design
Revisão final: Jó Saldanha e Renato Deitos
Ilustrações: Edgar Vasques
Mapas: Fernando Gonda

ISBN 978-85-254-1278-2

L732t Lima Barreto, Afonso Henriques de, 1881-1922.
Triste fim de Policarpo Quaresma / Afonso Henriques de Lima Barreto; adaptação de Paulo Bentancur... /et.al./ Porto Alegre: L&PM, 2009.
64 p. ; 21 cm. -- (Coleção É só o Começo)

Adaptação resumida para principiantes.

1.Ficção brasileira-Romances. 2.Bentancur, Paulo, adaptador. I.Título. II.Série.

CDD 869.93
CDU 869.0(81)-3

Catalogação elaborada por Izabel A. Merlo, CRB 10/329.

Rua Comendador Coruja, 326, – Bairro Floresta
90.220-180 – Porto Alegre – RS – fone: (51) 3225.5777
www.lpm.com.br

Impresso no Brasil
Inverno de 2009

Este livro que você tem nas mãos é um convite. Um convite para viajar através de histórias de homens e mulheres que tiveram idéias e ideais, que amaram e sofreram, como você e todos nós. São homens e mulheres inventados a partir da observação da realidade, pela imaginação do escritor.

Você está sendo convidado a caminhar com esses personagens e a compreender os dramas que eles viveram, as escolhas que fizeram para encarar a vida. Pode ser que em alguns momentos você encontre semelhanças com algo que você já viveu ou sentiu; em outros momentos, tudo pode parecer novidade, porque esta história acontece num tempo bem diferente do nosso.

Sugerimos que você mergulhe na história, imagine o cenário e a época dos fatos narrados. Você pode se colocar no lugar dos personagens ou simplesmente acompanhar a história, para entender os destinos dessas vidas.

O texto que você vai ler foi adaptado numa linguagem mais simples, para você ler com mais facilidade. Para ajudar, aparecem ao longo do texto algumas notas históricas, geográficas e culturais. Você também vai encontrar, depois da narração, idéias para pensar, conversar, debater, escrever. E ainda sugestões de outras leituras, de filmes e até de sites na internet.

Nosso maior desejo é que você leia e goste de ler. Que discuta as idéias do livro com amigos, colegas, professores. Que você aproveite e conte esta história para alguém. Ou que simplesmente experimente o puro prazer de ler.

Que este livro seja seu companheiro no ônibus ou no metrô, indo para a escola ou o trabalho, em algum momento de descanso na sombra de uma árvore, em casa ou no banco da praça. E que ajude a construir na sua imaginação outras histórias.

Boa leitura. E que esta viagem seja só o começo de outras!

ÍNDICE

Policarpo Quaresma, funcionário público, é um nacionalista exaltado, que só valoriza os produtos nacionais e a cultura tipicamente brasileira. Chega a propor que o tupi-guarani seja a língua oficial do país, por ser a língua dos índios. Somente o amigo Ricardo Coração dos Outros e a afilhada Olga valorizam as suas idéias. Os outros acham que ele é meio louco, e Quaresma passa alguns meses internado num hospício. Quando sai de lá, compra um sítio no interior e resolve se dedicar à agricultura, mas acaba envolvido na politicagem local. Volta ao Rio de Janeiro quando acontece a Revolta da Armada. Ao defender o governo do marechal Floriano Peixoto, Quaresma mais uma vez se desilude pela falta de nacionalismo dos governantes do país e acaba sendo preso. No final, percebe que a pátria que defendia era apenas um sonho e que a realidade é bem diferente.

Triste Fim de Policarpo Quaresma, publicado em capítulos, num jornal, em 1911, e em livro em 1915, narra uma história que se passa em 1893, ano em que acontece a Revolta da Armada, no Rio de Janeiro: a marinha se rebela contra o presidente Floriano Peixoto, querendo derrubar o governo. Também na época acontece a Revolução Federalista, no Rio Grande do Sul, que durou até 1895: o grupo dos federalistas enfrenta os republicanos, que contavam com o apoio federal e que acabaram vencendo. Além disso, a obra faz várias referências à Guerra do Paraguai (1864-1870), na qual a Tríplice Aliança, formada por Brasil, Argentina e Uruguai, apoiada pela Inglaterra, combate o Paraguai, país que começava a se destacar economicamente e por isso ameaçava os países vizinhos. Nesta guerra, se destacam as batalhas do Curupaiti, ocorrida a 22 de setembro de 1866, onde as forças paraguaias foram vitoriosas e cinco mil soldados brasileiros morreram, e a de Humaitá, nome de uma fortaleza paraguaia, que só foi tomada definitivamente pelas tropas aliadas no ano de 1868.

Lima Barreto — Afonso Henriques de Lima Barreto nasceu em 13 de maio de 1881, oito anos antes da abolição da escravatura. Mestiço e de origem humilde, filho de um tipógrafo e de uma professora primária, que morreu quando ele tinha seis anos, Lima Barreto estudou em várias escolas e chegou a ingressar na Escola Politécnica do Rio de Janeiro, de onde saiu, por causa da loucura do pai, para ajudar a sustentar a família. Dedicou-se ao jornalismo, trabalhando em vários jornais e revistas, e começou a publicar suas obras. Como o pai, passou a beber muito, foi internado em sanatórios e acabou sendo considerado inválido para o serviço público, em 1918. Lima Barreto morreu em 1922, por problemas no coração.

FAMÍLIA E AMIGOS DO MAJOR QUARESMA

Policarpo Quaresma — funcionário do Ministério da Guerra; dedicou sua vida ao nacionalismo. Estudava a história do Brasil e fez várias propostas para desenvolver o país.

Adelaide — irmã de Quaresma; não se casou e morava com o irmão, mas não entendia por que ele estudava tanto e se preocupava com a situação do país.

Anastácio — antigo escravo, caseiro de Quaresma; ensinava o major a trabalhar na terra.

Vicente Coleoni — imigrante italiano que foi ajudado por Quaresma e se tornou comerciante e depois rico empreiteiro.

Olga Coleoni — filha de Vicente, afilhada de Quaresma; tenta salvar o padrinho da prisão.

Armando Borges — noivo e depois marido de Olga, médico; escrevia artigos sobre medicina em linguagem difícil, mas só estava interessado em conseguir um cargo público.

Ricardo Coração dos Outros — compositor de modinhas e violonista; dava aulas de violão a Quaresma, que achava que o violão era o mais autêntico instrumento brasileiro.

FAMÍLIA E AMIGOS DO GENERAL ALBERNAZ

General Albernaz — vizinho de Quaresma, que fazia de tudo para casar as cinco filhas; gostava de contar histórias da Guerra do Paraguai, mas não tinha participado dela.

Dona Maricota — esposa do general Albernaz; sabia como ninguém animar as festas da família.

Ismênia — filha mais velha do general Albernaz; ficou noiva de Cavalcânti só porque achava que tinha a obrigação de casar com alguém. Enlouquece quando ele vai embora e nunca mais dá notícia.

Cavalcânti — noivo de Ismênia, estudante de odontologia; o pai da noiva ajuda a pagar os estudos dele, mas, depois de formado, ele vai para o interior e nunca mais volta.

Quinota, Zizi, Lalá e Vivi — filhas do general, irmãs de Ismênia; Quinota casa com Genelício, e Lalá fica noiva do tenente Fontes; as outras duas ficam na espera de um noivo.

Lulu — filho do general, aluno do Colégio Militar.

Genelício — noivo de Quinota, escriturário do Ministério da Fazenda; puxa-saco, dedo-duro e carreirista.

Tenente Fontes — noivo de Lalá; o artilheiro encarregado do canhão no quartel onde o major Quaresma comandava um destacamento.

Maria Rita — preta velha, ex-lavadeira na casa do general Albernaz; foi procurada pelo general e pelo major para ensinar velhas cantigas do Norte, mas já não lembrava de nenhuma delas.

Contra-almirante Caldas — amigo do general Albernaz, que também gostava de falar de batalhas que só conhecia por ouvir falar.

PERSONAGENS DA HISTÓRIA

Major Inocêncio Bustamante — amigo do general Albernaz; organiza um batalhão de voluntários para defender o governo durante a revolta da Armada e ganha o posto de tenente-coronel.
Doutor Florêncio — engenheiro, amigo do general Albernaz; também é um velho funcionário público.
Sr. Bastos — guarda-livros, contador, amigo do general Albernaz.
Capitão de Bombeiros Sigismundo — amigo do general Albernaz.

MORADORES DE CURUZU
Tenente Antonino Dutra — funcionário da prefeitura de Curuzu; procura Quaresma para pedir dinheiro, mas, na verdade, quer o apoio político dele. Depois persegue Quaresma.
Doutor Campos — presidente da Câmara de Curuzu; aproxima-se de Quaresma porque ouviu dizer que o major é amigo do presidente. Depois também passa a perseguir o major.
Felizardo — empregado do sítio de Quaresma, que era muito bom trabalhador mas não trabalhava nas próprias terras, e bebia muito.
Sinhá Chica — esposa de Felizardo, rezadeira; sabia fazer partos e curar doenças. Ficou com Adelaide enquanto o major foi lutar contra os revoltosos da marinha.
Mané Candeeiro — empregado do sítio de Quaresma; compunha canções que falavam dos pássaros da região.

PERSONAGEM HISTÓRICO
Marechal Floriano Peixoto — personagem real, presidente do Brasil de 1891 a 1894; Quaresma achava que ele era capaz de administrar bem o país, mas o marechal se revelou um cruel e sanguinário ditador.

LOCAIS DA HISTÓRIA

O bairro de São Januário — no subúrbio do Rio de Janeiro, onde mora Policarpo Quaresma com a irmã Adelaide. Do outro lado da rua mora a grande família do general Albernaz.
O Arsenal de Guerra — repartição do Ministério da Guerra, onde Quaresma tem o cargo de subsecretário.
O hospício — onde Quaresma é internado como louco. Ele fica desequilibrado por causa do desgosto que sofreu quando foi suspenso no Arsenal depois que escreveu um ofício em tupi-guarani. Lá ele era visitado pela afilhada, pelo compadre e por Ricardo Coração dos Outros.
A cidade de Curuzu — onde fica o sítio do "Sossego", que o major compra para provar que é possível produzir qualquer coisa nas terras do Brasil.
O centro do Rio de Janeiro — onde ficam o Palácio Presidencial, os quartéis, os bares elegantes, os teatros.
A casa de Vicente Coleoni — onde moram o compadre e a afilhada de Quaresma, Olga. Depois que ela casa, o marido dela, o dr. Armando Borges, passa a morar lá também.
Ilha das Enxadas — onde Quaresma fica encarregado de tomar conta dos rebeldes prisioneiros e depois é preso.

Brasil, os estados brasileiros e o Paraguai, país vizinho (divisão política atual).

Triste Fim de Policarpo Quaresma

Capítulo 1
A LIÇÃO DE VIOLÃO

Policarpo Quaresma, conhecido como major Quaresma, chegou em casa no horário de sempre, quatro e quinze da tarde, como acontecia há mais de vinte anos. Era um homem pequeno, magro e tinha o olhar baixo. Parecia estar sempre olhando para os próprios pés, mas os olhos brilhavam de força e entusiasmo por trás dos óculos quando se fixavam. Vestia fraques curtos na frente e com abas atrás, nas cores preto, azul, cinza ou listrado. Uma cartola alta, de abas curtas, completava aquele figurino fora de moda.

Era subsecretário do Arsenal de Guerra. Saía do serviço, comprava algumas frutas, queijo, pão e tomava o bonde para São Januário, onde morava, numa rua afastada. Todos conheciam esses hábitos e respeitavam aquele homem sério, que tinha casa própria e vivia confortavelmente. Só não vivia sozinho porque a irmã, Adelaide, dividia a casa com ele.

Era gentil e educado com todos e não tinha inimigos, mas também não tinha amigos por causa do jeito esquisito. Um médico da vizinhança implicava com os livros do major.

— Para que ler, se não é formado? Pretensioso...

Quaresma não costumava exibir os livros, mas qualquer um podia ver as estantes cheias sempre que as janelas da sala estavam abertas. Ali estava o melhor da literatura nacional: de Bento Teixeira tinha o poema *Prosopopéia*, o primeiro a tratar das maravilhas da natureza brasileira; tinha também os poemas de Gregório de Matos, que contavam da vida cotidiana na cidade de Salvador no século dezessete. Tinha O *Uraguai*, de Basílio da Gama, que narra o conflito entre os bandeirantes e os índios das missões dos padres jesuítas. Dos escritores do Brasil independente tinha os romances de Joaquim Manuel de Macedo, como *A moreninha* e *O moço loiro*. Ali estavam todos os romances do José de Alencar, os que falavam de nossos índios, os que retratavam os tipos regionais do Brasil, como *O sertanejo*, *O gaúcho*, até os que contavam histórias da Corte, como *Senhora*, *Lucíola*. Ali estava a poesia completa do Gonçalves Dias, que falava da nossa gente, da nossa terra.

De História do Brasil tinha Gabriel Soares, Gandavo e Rocha Pita, que transmitiram as primeiras impressões dos portugueses sobre as terras recém-descobertas. Tinha também a obra de Capistrano de Abreu, que foi o primeiro a contar como o território do Brasil foi sendo conquistado pelos bandeirantes.

Ali estavam os estrangeiros que falavam do Brasil: Hans Staden, o soldado alemão que quase foi comido pelos índios e sobreviveu para contar essa história; Jean de Léry e Saint-Hilaire, viajantes franceses que percorreram o Brasil e mostraram como a fauna e a flora brasileiras eram ricas e variadas. Tinha muitos outros, alguns traduzidos e outros no original. Quaresma sabia ler em inglês, francês e alemão.

Policarpo e sua roupa fora de moda.

Aos dezoito anos, Quaresma quis ser militar, mas foi reprovado no exame de saúde. Lá pelos vinte anos, quando sentiu que se tornava cada vez mais patriota, deu um jeito de arranjar um emprego como funcionário administrativo do Exército. Foi então que começou a estudar as riquezas naturais, a história, a geografia, a literatura e a política da pátria. Quaresma sabia as espécies minerais, vegetais e animais que o Brasil tinha, conhecia o valor do ouro e dos diamantes, lia sobre as **guerras holandesas**, as batalhas do Paraguai, sobre as nascentes dos rios. Era tão fanático que se irritava com quem dissesse que o rio Nilo, do Egito, era o maior do mundo. Para ele, nenhum podia ser maior do que o rio Amazonas.

Os holandeses invadiram a Bahia e Pernambuco no século 17, mas foram expulsos.

Ele era um brasileiro por inteiro. O que fazia esse homem vibrar de paixão não eram só os pampas do Sul com o gado, não era o café de São Paulo, não eram o ouro e os diamantes de Minas, não era a beleza da baía de Guanabara, não era a altura da cachoeira de Paulo Afonso, não era o talento de Gonçalves Dias. Era tudo isso reunido debaixo da bandeira estrelada pelo Cruzeiro do Sul. Policarpo não tinha regionalismos, tanto que ninguém era capaz de dizer em que lugar do Brasil ele tinha nascido.

No serviço, na hora do lanche, reunia os colegas e falava sobre as incríveis riquezas nacionais que descobria nos estudos. O petróleo encontrado na Bahia, uma nova espécie de árvore de borracha que crescia no Mato Grosso, um sábio ou alguma celebridade internacional que tivesse parentesco com algum brasileiro. Gostava, em particular, de falar dos rios, que amava mais que as montanhas, talvez por elas não serem muito altas no Brasil.

Os colegas escutavam, fingindo interesse. Quando ele saía, reclamavam:

— Este Quaresma, que chato! Não muda de assunto...

Era assim o major Policarpo Quaresma: um homem comum, que chegava em casa todos os dias às quatro e quinze da tarde em ponto e que não tinha ambições políticas, mas uma vontade sincera de conhecer o país para encontrar remédios para os males nacionais.

As únicas visitas que costumava receber eram a afilhada Olga e o pai dela, o compadre Vicente Coleoni. Ultimamente, um senhor baixo, magro, pálido, com um violão enfiado numa bolsa de camurça, era visto entrando na casa de Quaresma três vezes por semana. Isso deixava os vizinhos surpresos: um violão numa casa de respeito?! As vizinhas que foram passear pela calçada e espicharam o olho na direção da janela da sala viram o violonista dando aulas a Policarpo.

— Mas que coisa, um homem tão sério tocando **violão!**

O violão foi por muito tempo considerado instrumento de malandros, e quem tocava podia até ser preso por causa disso.

Um dia, no mesmo horário de sempre, lá vinha o major, a passos curtos, com um enorme embrulho debaixo do braço. Pela forma do pacote, a vizinhança pôde adivinhar o que estava embrulhado: um violão.

— **Janta já?** — perguntou a irmã quando ele entrou em casa com aquele pacote.

Na época em que acontece esta história, não existia luz elétrica, sendo este um dos motivos para tamanha diferença em relação aos nossos horários de refeições.

— Ainda não — respondeu —, vamos esperar o Ricardo, que vem jantar conosco.

Ricardo era o violonista. Adelaide disse:

— Policarpo, você precisa tomar juízo. Um homem de idade, com posição, respeitável como você, andar metido com esse seresteiro...

Quaresma respondeu:

— É preconceito achar que quem toca violão é um desclassificado. O violão é o instrumento da **modinha**, que é a mais legítima expressão da poesia nacional e já ocupou lugar de honra na Corte portuguesa no **século passado**. Nós é que esquecemos dela.

A modinha e o violão fazem sucesso primeiro entre as camadas populares e só depois entre as elites. Chiquinha Gonzaga foi a grande figura da música popular no final do século 19.

Esta história se passa no fim do século 19; logo, o século passado referido no texto é o 18, quando o Brasil ainda era uma colônia de Portugal.

— Mas isso foi há muito tempo.

Quaresma respondeu:

— Pois a gente não deve deixar morrerem as nossas tradições.

Adelaide desistiu de discutir, e Quaresma foi para a biblioteca. Pegou um livro de História, sentou na cadeira de balanço e começou a ler. Vibrou quando leu esta frase: *Em nenhuma outra região se mostra o céu mais sereno, nem madruga mais bela a aurora. O sol em nenhum outro hemisfério tem os raios mais dourados.*

Bateram na porta. Era Ricardo Coração dos Outros, o cantor de modinhas que sabia tocar violão como ninguém. Era famoso: quase todas as noites recebia convites para animar as festas, reuniões e bailes da alta sociedade do subúrbio, e já começavam a falar dele em bairros mais importantes como São Cristóvão. Ele imaginava que já ia ser chamado até em Botafogo. Afinal, vários jornais tinham publicado notas sobre as apresentações que andava fazendo.

Ricardo estava ali para ensinar Quaresma a cantar modinhas e a tocar violão. O major tinha consultado historiadores, cronistas e filósofos para saber qual seria o gênero musical mais característico da alma brasileira e descobriu que era a modinha acompanhada pelo violão.

Adelaide chamou para a mesa. Uma sopa estava servida. A irmã de Quaresma explicou:

— O senhor desculpe a pobreza da comida. Eu queria fazer frango com ervilhas, mas é um prato estrangeiro, e Policarpo pediu que eu fizesse frango com feijão branco. Onde se viu um prato assim? Preferi fazer uma sopa.

Ricardo disse que até gostaria de experimentar aquela novidade.

— Essa mania do meu irmão de só querer coisas nacionais: a gente tem que comer cada droga! — disse Adelaide.

Quaresma se defendeu.

— Implicância sua, mana. A nossa terra tem todos os climas do mundo e pode produzir tudo pra qualquer tipo de gosto.

— Como essa manteiga, que logo fica rançosa? — perguntou Adelaide.

Quaresma explicou.

— É porque é de leite mesmo, puro. Se fosse estrangeira, fabricada com gorduras de esgoto, talvez não se estragasse. O problema é que não defendem a indústria nacional. Comigo é

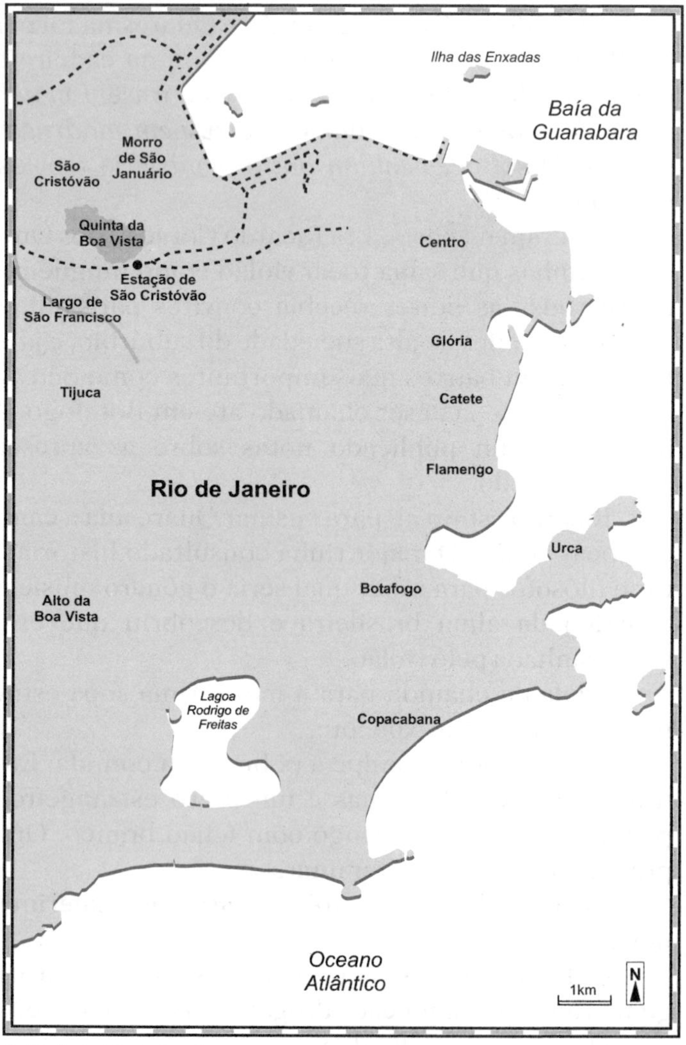

A cidade do Rio de Janeiro.

diferente. Não uso nada estrangeiro. Visto pano nacional, calço botas nacionais e por aí vai.

O major serviu dois cálices de cachaça e continuou explicando:

— Esses vermutes que andam por aí são uma droga. Esta cachaça não é de batata nem de milho. É álcool puro de cana, fabricada aqui em Angra. Temos também ótimos vinhos do Rio Grande, melhores do que os franceses.

Depois passou a elogiar outros produtos nacionais: a banha, o toucinho e o arroz. Adelaide nem sempre concordava com o irmão. O violonista concordava ora com um, ora com outro.

Depois do jantar foram ver o jardim. Ali não havia rosas, crisântemos ou magnólias, flores exóticas, importadas. Só produtos da terra: os beijos-de-frade, as palmas-de-santa-rita, os manacás. Para Ricardo, não pareciam grande coisa, mas o major achava que eram plantas belas e expressivas.

Anoitecia quando entraram. As luzes foram acesas, e Ricardo apontou para o violão novo de Policarpo:

— Vamos ver. Toque o senhor.

Quaresma estralou os dedos, afinou o violão, mas não tocava com a segurança nem com a suavidade de Ricardo. O violonista mostrou ao major como fazer: apanhou o instrumento e sobre ele se debruçou, como se fosse dar um beijo. Havia amor naquele gesto.

— Encoste o violão no peito com ternura, nem frouxo nem firme demais. Pense que é uma mulher, uma namorada.

Terminada a lição, Policarpo pediu para Ricardo cantar. Quando o violonista começou a interpretar uma canção atrás da outra, jovens da vizinhança se amontoaram na calçada em frente para ouvir melhor. Uma das moças entrou na casa do major Quaresma. Era Ismênia, uma das filhas do vizinho, o general Albernaz. Adelaide perguntou:

— Quando sai o casamento?

Fazia tempo que Ismênia respondia essa pergunta.

— Não sei... Meu noivo se forma no fim do ano. Aí a gente marca a data.

O noivo, Cavalcânti, estudava para dentista. O curso era de dois anos, mas já tinham passado quatro, e nada de Cavalcânti se formar. Ismênia tinha uma cabeça delicada, coroada de cabelos castanhos com tons de ouro. Não era feia nem bonita. Era simpática e não se importava muito de ouvir sempre a mesma pergunta. O importante é que tinha noivo, e o casamento ia acabar acontecendo.

O pai de Ismênia estava mandando convidar o violonista para cantar na casa deles, e foram os quatro para a casa do vizinho.

Capítulo 2
REFORMAS RADICAIS

Depois de trinta anos de dedicado estudo aos temas da pátria, Quaresma sentia dentro de si um forte impulso para fazer algo que demonstrasse o grande amor que sentia pelo Brasil. Ele estava convencido que o nosso país tinha vocação para ser a mais importante nação do mundo, mais que a **Inglaterra**. Para isso, era necessário começar a fazer apenas pequenas melhorias, que o tempo faria o resto. E resolveu começar pela divulgação da língua que era falada pelos primeiros índios que os portugueses encontraram logo depois do Descobrimento, o **tupi-guarani**. Durante um ano, estudava todas as manhãs desde a madrugada até a hora do almoço. Quando descobriu que o seu apelido na repartição era **Ubirajara**, não perdeu a calma. Falou:

— Não debochem de quem trabalha em silêncio para a grandeza da pátria.

A partir desse dia, ele passou a falar cada vez menos, pois passava metade do dia na repartição, onde não era compreendido. E a outra metade em casa, onde também não era compreendido. Mas não se conteve no dia em que ouviu um colega dizer:

— Puxa, quando será que vou conhecer a Europa?

Quaresma disse:

— Ingrato! Temos uma terra tão bela, tão rica, e você quer visitar a dos outros! Eu, se puder algum dia, vou percorrer o Brasil de uma ponta a outra!

O colega respondeu que aqui só tem febre e mosquito. O major falou que o Amazonas, que é muito caluniado, tem um dos melhores climas da Terra.

Quaresma tirou férias e já fazia uns dez dias que não saía de

Nessa época, a Inglaterra era a grande potência mundial na economia e na política externa. Representava para o mundo o mesmo que os Estados Unidos da América em nossos dias.

Até a metade do século 18, a língua mais falada pela população do Brasil era a língua geral, que tinha saído do tupi-guarani. Em 1750, o governo português proibiu que se falasse outra língua que não fosse o português.

Título de um romance de José de Alencar, que se passa entre os índios antes do Descobrimento. Ubirajara é o nome do personagem principal.

casa. Passava a manhã lendo os jornais e de tarde dava longas caminhadas pelo pomar com o preto Anastácio, empregado fiel há trinta anos. Relembravam velhas histórias enquanto cuidavam das pitangas e das jabuticabas. Depois ele voltava para a biblioteca e continuava estudando os índios: os costumes, os hábitos, os comportamentos, as festas, a cultura, a língua.

A apresentação do violonista na casa de Albernaz tinha sido um sucesso. O general e a mulher dele, dona Maricota, gostavam das cantigas que lembravam a poesia simples e os hábitos dos velhos tempos porque traziam de volta as alegrias da infância. Os filhos do casal — cinco moças e um único homem — gostavam daquele entusiasmo dos pais. Era um pretexto para fazer festa.

Albernaz anunciou que ia dar uma festa à moda do Nordeste. O patriotismo de dançar músicas do nosso folclore entusiasmou Quaresma, que se ofereceu para ajudar. Alguém lembrou que Maria Rita, uma preta velha que tinha sido lavadeira na casa do general, haveria de conhecer as músicas e as danças típicas. Saíram os dois atrás dela, alegres e apressados, numa linda tarde de abril.

O general não tinha jeito de soldado e nunca tinha estado numa batalha. Tinha trabalhado como ajudante-de-ordens, assistente, escriturário, almoxarife e era secretário do Conselho Supremo Militar quando se reformou. Nunca passou de bom chefe de seção. Tudo o que ele sabia de guerras eram as histórias que tinha ouvido sobre a Guerra do Paraguai, que ele considerava a maior de todos os tempos. Era um homem calmo, que só se preocupava em casar as cinco filhas e arranjar um pistolão para o filho entrar no Colégio Militar.

No caminho por onde ia o bonde que levava Quaresma e Albernaz até Maria Rita, cem anos antes passavam as carruagens do rei, mas Quaresma olhava aquela paisagem e só via casas com grandes janelas quadradas, construídas fazia pouco tempo. Não existia mais nada do que descreviam os livros que Quaresma tinha lido. Tudo tinha sido destruído e, pior, esquecido.

Passaram pela hípica e chegaram na estação da estrada de ferro. Era ali perto que Maria Rita morava. Uma vasta região de mangues, triste e feia, que vai até o fundo da baía, na direção das montanhas azuis de Petrópolis. A velha morava longe da estrada, numa casa baixa, caiada e coberta com pesadas telhas portuguesas. A moça negra que atendeu chamou a avó.

Maria Rita apareceu com passos arrastados, mancando de uma perna. Demorou a reconhecer Albernaz, que pediu que ela ensinasse o "Bumba-meu-boi". Maria Rita disse que tinha esquecido a letra. Ele pediu uma outra, mas ela também tinha esquecido. Só lembrava de umas muito antigas, do tempo dos escravos, que não iam servir para uma festa. Então, cantou uma que achava bem boa. Era uma conhecida cantiga de ninar.

Albernaz achou que ela já estava caduca, e a alegria deles foi embora junto com o sol que morria. Voltaram desanimados. Para Quaresma, aquela velha era uma prova de que o povo não guardava as tradições. Tinha esquecido canções que cantava fazia apenas trinta anos. Há povos que guardam sua cultura durante séculos. Ele resolveu então que precisava fazer alguma coisa para desenvolver e manter vivo o culto das tradições. A preocupação do general era a animação da festa: tinha imaginado trazer um bom espetáculo e voltava para casa de mãos e ouvidos vazios. E se a festa falhasse, ele perdia uma chance de arranjar um noivo para mais uma das quatro filhas, já que Ismênia estava garantida com o Cavalcânti.

Dias depois, o noivo de Ismênia descobriu na vizinhança um homem que pesquisava canções e contos populares do Brasil. Quarenta anos antes, ele tinha publicado livros de poesia que não fizeram sucesso e agora se dedicava a organizar livros com histórias do **folclore** brasileiro, mas ninguém lia esses livros também. O homem recebeu Quaresma e Albernaz numa sala grande, onde ficaram espremidos entre os livros e os papéis empilhados. Leu belas letras de canções que falavam de amor. Contou algumas das muitas aventuras cômicas do ciclo do macaco.

Folclore é um conjunto das tradições, conhecimentos ou crenças populares expressos em provérbios, contos, canções, costumes, lendas e manifestações artísticas preservadas — sobretudo pela tradição oral de um povo — em determinada época e região.

O major olhava satisfeito para o velho poeta como se tivesse encontrado um companheiro no meio do deserto. E o general era puro contentamento. Já podia ver a festa animada por um número folclórico, que ia atrair mais gente, e isso ia resultar no casamento das filhas!

O velho poeta disse que o "Bumba-meu-boi" era muito complicado para uma festa familiar. Era melhor começar pelo "Tangolomango". Conheciam? Não conheciam.

— É divertido. Arranjem dez crianças, uma máscara de velho, uma roupa extravagante para um dos senhores, que eu ensaio.

A casa do Albernaz ficou cheia. Quaresma fez o "Tangolomango". Vestiu uma roupa velha do general, pôs uma máscara, agarrou um bastão torto e caminhou na direção das crianças, que cantaram.

Uma mãe teve dez filhos
Todos os dez dentro de um pote:
Deu o tangolomango nele
Não ficaram senão nove.

O major avançou, batendo com o bastão e gritando: "uh, uh!" As crianças fugiam, ele agarrava uma e levava para dentro. Ficavam nove, depois oito, depois sete, depois seis. Quando foi pegar a quinta, ele ficou sem fôlego, tonteou e caiu. Tiraram a máscara e sacudiram o major. Ele voltou a si entusiasmado pelo folclore: comprou muitos livros e leu até ficar decepcionado. Descobriu que o "Tangolomango", assim como muitas daquelas canções e histórias, era de origem estrangeira, e ele queria descobrir lendas e costumes da nossa terra.

Voltou a estudar os costumes dos índios tupinambás. Um dia, o compadre e a filha bateram na porta, Quaresma abriu e começou a se escabelar, a chorar, a gritar.

— Mas o que é isso, meu padrinho?! — disse Olga, espantada.

A irmã do major e Anastácio também foram ver o que estava acontecendo.

Policarpo enxugou as lágrimas:

— Era assim que os tupinambás cumprimentavam os amigos. Vocês não sabem nada da nossa terra.

Ficaram todos sem saber o que dizer, até que o compadre falou:

— Policarpo, isso até pode ser brasileiro, mas é bem triste...

Vicente Coleoni, o compadre, tinha sido verdureiro. Durante

vinte anos ele abasteceu a casa do major. O patriotismo de Quaresma não impedia que ele gostasse de conversar com o esforçado italiano. Num certo dia, conversavam na rua, e o major notou que o verdureiro estava furioso. Disse que tinha sido enganado por um colega e estava na miséria. Estava disposto a matar o vigarista. O major, que era pacífico e generoso, convenceu Coleoni a desistir disso e emprestou dinheiro para ele recomeçar a vida. Vicente pôs uma quitanda, ganhou algum dinheiro, virou empreiteiro de obras, enriqueceu, casou, teve a filha e convidou Quaresma para padrinho.

Foi a afilhada Olga, agora já crescida, que puxou conversa:

— Tem lido muito, padrinho?

— Muito, minha filha. Medito sobre uma reforma nacional, a libertação de um povo...

— Não vá se meter em conspiração — sorriu a moça.

— Não se assuste, Olga. A coisa vai ao natural, sem violência.

Ricardo Coração dos Outros chegou, de casaco comprido e violão em punho. Olga disse que já tinha ouvido falar dele. Orgulhoso, o tímido violonista soltou a língua:

— Já leu meus versos?

— Não, mas li uma crítica sobre o seu trabalho.

Ricardo toca violão, e Olga ouve.

— Ah... — gemeu Ricardo — foi uma crítica injusta. Disseram que meus versos estão errados porque não sabem que a poesia para ser cantada é diferente da poesia que fica só no papel.

Olga comentou:

— O que me parece é que o senhor faz versos para a música e não música para os versos.

O major resolveu dar uma opinião:

— Olga, ele é um artista que luta para valorizar o violão.

Ricardo ficou animado:

— Aqui ninguém leva a sério, mas na Europa todos respeitam quem se dedica a um instrumento tão difícil.

— Espere aí — interrompeu Quaresma. — Há outros instrumentos bem mais difíceis.

— O piano? — perguntou Ricardo.

— Que piano! O **maracá, a inúbia!**

Todos fizeram cara de espanto, e o major ficou escandalizado:

— São os verdadeiros instrumentos nacionais, usados por nossos antepassados, os caboclos!

Ricardo fez cara de desgosto.

— Instrumento de caboclo!

Policarpo reagiu:

— Pois os pesquisadores dizem que são muito sonoros e agradáveis de ouvir. E se são instrumentos de caboclo, o violão, que é de malandro, também não vale grande coisa.

— De malandro, major?!

Olga estava surpresa com a agitação do padrinho, que era tão sossegado.

Maracá: cabaça seca e limpa do miolo, fixada a um pequeno cabo. Uma espécie de chocalho indígena.

Inúbia: corneta de som estridente, que pode ser ouvida a distância. Uma espécie de trombeta indígena.

Capítulo 3
A NOTÍCIA DO GENELÍCIO

Agora, quando vinha aquela pergunta de sempre, Ismênia finalmente podia dar uma resposta:

— Então, quando casa, Ismênia?

Ela respondia, sorridente:

— Em março.

O noivo finalmente ia se formar dentista no fim do ano. Depois de cinco anos de noivado, Ismênia estava contente com a data marcada, mas não sentia nenhuma paixão pelo noivo. O casamento para ela era uma obrigação que tinha de cumprir. Desde criança sempre tinha ouvido em casa, na casa dos outros, nas festas, no colégio, em qualquer lugar, que as moças precisam casar. Casar era o destino. Não casar é que seria uma emoção muito ruim, uma vergonha, um crime.

Ismênia não era muito baixa nem muito magra. Tinha um narizinho malfeito e um rosto comum, mas não era feia. Toda a sua beleza estava nos cabelos sedosos, castanhos com tons de ouro.

Aos dezenove anos, tinha começado o namoro com Cavalcânti. O pai não gostou:

— Um dentista é quase um **barbeiro**! É muito melhor um militar, que tem montepio e gratificação no salário.

Os médicos e os advogados eram profissionais muito prestigiados naquela época. Os dentistas eram formados em cursos técnicos que correspondiam ao ensino médio atual.

Ismênia tinha muito medo de não arranjar outro, e a mãe acabou convencendo o general de que dentistas ganham bem. Quando soube, um ano depois, das dificuldades financeiras do rapaz, Albernaz pagou a matrícula e comprou livros. Ele era generoso: fazia de tudo para casar as filhas. Para diminuir as despesas, convidou o rapaz para jantar com a namorada todos os dias.

O pedido trouxe muita alegria para a família. As irmãs da noiva, Quinota, Zizi, Lalá e Vivi, estavam muito mais alegres do que Ismênia. Agora podiam começar a pensar em casar também. No sábado seguinte, deram uma festa para comemorar. Dona Maricota reclamou do jeito da filha:

— Minha filha, até parece que não é você quem vai se casar!

— O que é que a senhora quer que eu faça, mamãe?

— Ora, não é preciso ficar rindo à toa como uma sirigaita, mas eu nunca vi uma noiva com essa cara.

Ismênia se esforçou, mas não era capaz de fazer uma cara contente por muito tempo. Logo voltava a ficar sossegada, olhando os convidados de longe. Eram muitos: moças da vizinhança; o contra-almirante Caldas; o doutor Florêncio, que era engenheiro das águas; o major honorário Inocêncio Bustamante; o sr. Bastos, que era **guarda-livros**; e outras pessoas importantes. Ricardo, o violonista, não veio porque não foi convidado. Albernaz tinha medo de que um seresteiro não fosse adequado para uma festa séria. Quaresma foi convidado, mas não apareceu.

Funcionário encarregado do registro dos movimentos de compra, venda e estoque das mercadorias.

Num lado da sala, Ismênia respondia aos cumprimentos, às perguntas e às sugestões das moças com aquele jeito quieto e retraído; no outro lado, Cavalcânti, cercado pelos rapazes, falava com orgulho da formatura:

— Os senhores não imaginam os tropeços, as dificuldades. Eu fui um herói...

Para aqueles homens, ele não era mais o Cavalcânti que eles conheciam. A formatura era uma promessa de uma boa situação para o novo dentista. Todos ali lamentavam pelo curso que não tinham feito e pela boa situação que não iam conseguir. Cavalcânti se fazia de modesto, dizendo que o título já não valia nada por causa dos novos cursos técnicos que logo estariam formando dentistas em excesso.

Na sala de jantar, o general estava reunido com os que tinham títulos: o contra-almirante Caldas, o major Inocêncio, o doutor Florêncio e o capitão de bombeiros Sigismundo. A carreira de Caldas na Marinha tinha sido parecida com a de Albernaz no Exército. Quando era um jovem primeiro-tenente, não tinha jeito para fazer amigos nem para bajular os comandantes. Por causa disso, nunca era lembrado na hora das promoções, nem era chamado para as campanhas. Só embarcou num navio por muito pouco tempo durante a Guerra do Paraguai.

Quando chegou a capitão-tenente, foi mandado para o Mato Grosso para comandar o couraçado Lima Barros. Quando chegou, descobriu que não tinha nenhum navio com esse nome no rio Paraguai. Talvez estivesse no rio Uruguai, no Rio Grande do

Sul. Fez outra cansativa e demorada viagem, e nada do navio. Quem sabe no rio Amazonas? Voltou para o Rio de Janeiro e estava embarcando para o Norte quando foi preso e processado por ter perdido o navio. Só quando descobriram que o Lima Barros tinha afundado durante a Guerra do Paraguai é que Caldas foi declarado inocente.

Mesmo assim ficou conhecido como um trapalhão que corria pelo país atrás do navio que ele mesmo devia estar comandando. Em quarenta anos de serviço, chegou apenas a capitão-de-fragata. Mas virou um profundo conhecedor das leis, dos decretos, dos avisos, das consultas, de tudo o que tratava das promoções de oficiais na Marinha. Já tinha enviado uma enorme quantidade de requerimentos para todos os ministros da Marinha pedindo a alteração da reforma. Ele queria ser promovido para um posto mais alto. Os requerimentos dele nunca eram atendidos.

Inocêncio Bustamante se dedicava a uma demanda semelhante; antigo **voluntário da pátria**, tinha sido reformado como major e não havia dia que não fosse ver o andamento dos processos: pedia inclusão no Asilo dos Inválidos, pedia o posto de tenente-coronel, pedia uma medalha. Pediu conselhos para Caldas, mas ele explicou que a Marinha e o Exército têm leis diferentes.

Os "voluntários da pátria" eram homens sem preparo que foram mandados para a Guerra do Paraguai. Muitos deles eram negros libertos ou escravos que lutavam em lugar dos donos, na esperança de ganhar a liberdade no fim do conflito.

Albernaz suspirou de saudade.

— Ah, no meu tempo como tudo tinha ordem, disciplina. Não precisava tanta papelada, tanta discussão.

Sigismundo comentou:

— Eu não sou militar, mas...

Albernaz interrompeu.

— Como não é militar? Um bombeiro está sempre às voltas com o inimigo... Queria ver se esses meninos do Exército de hoje têm a mesma coragem. Queria ver eles em Curupaiti.

O doutor Florêncio, vizinho de Albernaz, era o único civil da roda. Era engenheiro, mas por causa da idade avançada e do trabalho sempre igual que fazia há anos, já era apenas um vigia dos encanamentos. Perguntou ao general:

— O senhor assistiu à batalha de Curupaiti, não foi?

— Adoeci e vim ao Brasil na véspera. Mas tive muitos amigos lá em combate.

Todos ficaram quietos até que Bustamante voltou a reclamar.

— Este país não vale mais nada. Imaginem que meu requerimento está no ministério há seis meses esperando uma resposta.

— Uma desordem — disseram todos.

Chegou dona Maricota e pediu providências ao marido, pois ninguém estava dançando. Quatro filhas ainda estavam solteiras, e eram tantos os rapazes na festa que o general entrou decidido na sala:

— Vamos, meninas! Zizi, uma valsa!

E ele foi juntando os pares. Se alguma moça reclamava "já tenho par", ele empurrava um rapaz para perto dela: "Não faz mal, dance com o Raimundinho; o outro espera..."

Depois voltou para jogar cartas. Uma das filhas do general passou por ali para beber água, e Caldas brincou com ela:

— Então, dona Quinota, como anda o Genelício?

A moça virou o rosto para ele, alegre, fez uma pequena careta e respondeu, fingindo brabeza:

— Ué! Sei lá! Ando atrás dele?

O namorado da moça era parente de Caldas. A família fazia gosto no casamento. Genelício tinha grande futuro: era empregado do Tesouro e, mesmo tendo menos de trinta anos, já estava no meio da carreira. Era obediente e não tinha vergonha de bajular os chefes, de delatar colegas, de acompanhar os superiores até em casa, de fazer discursos elogiando qualquer figurão que aparecesse. Escreveu um soneto de saudação a ministros e dava um jeito de publicar o tal soneto sempre que um novo ministro era nomeado, mudando só o nome do ministro no título do poema.

Ele aparentava grande saber: vivia cercado de papelório, publicava artigos sem importância mas recheados de trechos de autores portugueses e franceses. Isso deixava todo mundo impressionado, principalmente Albernaz, preocupado em casar mais uma filha.

No final do jogo, apareceu o Genelício, baixo, curvado, de

óculos azulados, tinha mesmo o jeito de um escriturário. Largou o chapéu e a bengala numa cadeira e deu uma notícia:

— Sabe de uma coisa, general?

— O que é?

— O Quaresma está doido.

Albernaz ficou pasmo.

— O quê? Como? Quem disse isso?

Genelício contou.

— Aquele homem do violão. Diz que o Quaresma já está na casa de saúde.

Albernaz concordou.

— Eu logo vi. Aquele documento que ele escreveu para a Câmara era coisa de doido mesmo.

Genelício contou mais.

— E não é só, general. O major fez um ofício em tupi e mandou ao ministro.

— Quem é esse major? — perguntou o doutor Florêncio.

Albernaz respondeu:

— Aquele vizinho, empregado do Arsenal. Não conhece?

Florêncio falou:

— Só podia dar nisso. Aqueles livros, aquela mania de leitura...

Caldas quis saber.

— Por que ele lia tanto?

— Loucura — disse Florêncio.

Genelício criticou o major.

— Ele não era formado. Para que se meter com livros?

Sigismundo observou.

— Isto de livros é bom para sábios, doutores...

Genelício completou:

— **Ter livros em casa** devia até ser proibido para quem não tem título de doutor.

E ficaram calados até o fim do jogo. A música silenciou na sala. O noivo ia recitar acompanhado ao piano por Zizi.

Cavalcânti pronunciava as palavras com capricho.

Durante o período colonial, o governo português proibia publicar livros no Brasil e até mesmo ter livros em casa. Só no início do século 19 os livros foram liberados.

A vida é uma comédia sem sentido
Uma história de sangue e de poeira
Um deserto sem luz...

E o piano gemia, seguindo aquelas palavras dolorosas.

Capítulo 4
DESASTROSAS CONSEQÜÊNCIAS DE UM REQUERIMENTO

E por que o major Policarpo Quaresma foi parar no hospício? Porque tinha decidido fazer alguma coisa para mostrar o grande desejo que tinha de contribuir para o progresso do Brasil. Escreveu um requerimento para a Câmara propondo a substituição do português pelo tupi-guarani. O português — dizia no seu documento — é uma língua emprestada ao Brasil; é por isso que a gente está sempre discutindo sobre gramática, e todos ficam se acusando de não saber falar direito. Já o **tupi-guarani** é nossa língua-mãe e por isso retrata nossa terra e nossos costumes com fidelidade. Deve, portanto, ser adotado como língua oficial brasileira.

Na época do descobrimento, havia em torno de cinco mil tribos indígenas, das quais restam hoje menos de 200.

Na Câmara, ninguém prestava atenção quando eram lidos esses documentos mandados por cidadãos comuns, mas o secretário começou a rir, e, aos poucos, todos foram se entregando a uma gargalhada geral. No dia seguinte, os jornais noticiaram a sessão da Câmara, ridicularizando a proposta. Um deles publicou uma caricatura do major.

Todas as manhãs, o compadre Coleoni lia os jornais bem devagar, já que tinha pouco estudo. Teve tanta dificuldade de entender a linguagem irônica que usaram para dar a notícia do requerimento do compadre que pediu ajuda para a filha. Olga leu e explicou que o padrinho queria que o português fosse substituído pelo tupi.

Coleoni lembrou-se da saudação maluca à moda tupinambá e ficou apavorado:

— Quaresma está doido!

Ela admirava o padrinho, mas também achou que a idéia era ousada demais.

Pai e filha moravam num palacete construído com o dinheiro que o antigo verdureiro tinha ganho nas empreitadas. A casa tinha um porão alto, era ladeada por um jardim com um viveiro de pássaros que morriam por causa do calor. Na decoração da casa não havia planejamento, só a fantasia de Olga: bibelôs demais, espelhos demais, rendas demais e móveis sem nenhuma ordem, atulhando cada peça.

Ele era um pai dedicado: mesmo que gostasse mais de ficar em casa de chinelos fumando cachimbo, sempre acompanhava a filha nas compras. Ele não se sentia à vontade com as visitas das amigas da filha, e as mães e irmãs com modos de falsa nobreza. Coleoni gostava de deitar cedo, mas nem sempre podia ir dormir quando as visitas chegavam. Além disso, o que ele tinha para conversar com aquela gente que só falava em bailes e passeios?

Coleoni sabia que precisava casar a filha. Sugeriu para ela o mestre-de-obras que trabalhava com ele, e ela não disse nem sim nem não. Ele acabou achando que, na verdade, o empregado era um homem muito simples. "Ela deve querer um doutor", pensou.

Policarpo tinha a pureza dos homens de uma idéia única, dos grandes estudiosos, dos sábios, dos inventores e só estava interessado em tornar o país mais brasileiro. Ele não se interessava por dinheiro, glória e posição social. Por isso, ele não conseguia entender como aquela proposta tão bem-intencionada provocava essa má vontade geral. Magoado pelo deboche da imprensa e pelos olhares que recebia na rua, o major ficou ainda mais convencido de que o nacionalismo era a salvação da pátria.

Na repartição onde Quaresma trabalhava, ele já causava inveja em todos pelos conhecimentos e pela seriedade. Essa ciumeira geral aumentou com a fama que ele ganhou com todo o deboche da imprensa. Afinal, agora, todo mundo apontava para ele na rua. Os colegas começaram a cochichar que ele nem devia saber tupi. E nada incomodava mais o major do que desconfiarem dos conhecimentos dele. Até alemão ele tinha estudado. Como não ia conhecer logo o tupi, nossa língua-mãe?

Remoía essa mágoa enquanto passava a limpo um ofício

sobre coisas do Mato Grosso, onde estavam escritos os nomes das cidades de Aquidauana e Ponta Porã. Lá no fundo da sala, um dos colegas disse para outro:

— Homero, isso de dizer é uma coisa, saber é outra.

Ou porque estavam duvidando dele ou por causa daquelas palavras indígenas que estava copiando, o major foi traduzindo o ofício para o tupi. Chegou a se dar conta do que tinha feito, mas vieram outros trabalhos, e o ofício acabou na mesa do diretor, que assinou sem ler e mandou para o ministério.

Foi um rebuliço. Ninguém no ministério sabia que língua era aquela; um dos funcionários mais cultos achou que era grego. Ninguém sabia também se as autoridades podiam se comunicar em língua estrangeira. O ministro mandou devolver o relatório e aplicar uma punição no responsável. Com essa confusão toda, o diretor do Arsenal estava correndo o risco de não ganhar as estrelas de general. Ele mandou chamar Quaresma e perguntou se ele tinha escrito aquilo. O major disse que tinha sido ele, sim, e perguntou ao diretor se ele não sabia que aquela língua era tupi-guarani quando mandou o ofício para o ministério.

— Como que eu não ia saber? — gritou o diretor, ofendido. — Eu só tirei notas máximas em toda a minha vida e até publiquei um conto na revista da escola.

E continuou:

— Pois considere-se suspenso até segunda ordem — falou o diretor.

O major pegou o chapéu e a bengala no escritório e saiu dali abatido, como um criminoso.

Na rua, encontrou Ricardo Coração dos Outros:

— Cedo hoje, seu Policarpo?

— Pois é — murmurou o major.

O violonista puxou conversa.

— Parece que o amigo hoje está afundado em pensamentos muito fortes, nalguma idéia especial...

— Estou, filho, e não é de hoje, mas de há muito tempo.

Ricardo ainda disse:

— É bom pensar. O sonho consola.

— Consola, sim — falou o major —, mas nos deixa diferentes dos outros, cava um abismo entre os homens.

Capítulo 5
O BIBELÔ

Na primeira vez que foi naquela casa, o que Olga viu foi um lugar calmo, onde os homens passavam como se fossem sombras silenciosas. Ela tinha imaginado que ia ouvir gritos e atropelos naquele lugar que tinha o nome assustador de hospício. Com que terror as pessoas falavam dessa casa de saúde mental localizada na praia da Saudade. Antes uma boa morte, diziam, pois para aquele lugar ninguém está preparado para ir, e ninguém sai de lá igual ao que era quando entrou. A afilhada estava indo, mais uma vez, visitar o padrinho que estava internado ali, com o espírito e a razão enterrados naquele hospital.

Cada vez que Olga subia aquela escada, ficava pensando na causa da loucura do seu padrinho. Como tinha começado? Com aquele requerimento enviado à Câmara pedindo a mudança da língua oficial para o tupi? Mas aquilo era só uma fantasia. Teria sido com a tradução daquele ofício? Mas aquilo tinha sido só uma distração.

Adelaide ficou muito preocupada quando o irmão começou a não dizer coisa com coisa, a tratar os amigos como inimigos, a se fechar para o mundo, a delirar sem querer ver ninguém. Quando ele foi internado, ela não teve forças nem para fazer uma visita. Achava que ia ficar abalada demais e que corria o risco de deixar o irmão mais abalado ainda. Compadre Coleoni foi quem cuidou de tudo, fazendo com que a ameaça de demitirem Quaresma virasse uma aposentadoria por problemas de saúde.

Era o compadre que ia com Olga visitar o major. Algumas vezes vinha também o violonista. Traziam os jornais e revistas ilustradas para ele se distrair.

Naquele belo domingo, com o mar e as montanhas se encontrando com um céu de seda, iam Olga e o pai no bonde junto com outros visitantes a caminho do manicômio. Ela se esforçava para olhar de frente aquelas pessoas de todo tipo que, independentemente de nascimento ou fortuna, se igualavam diante da porta do prédio. Naquele outro mundo todos entravam respeitosos e apavorados. Não é só a morte que iguala a gente. O crime, a doença e a loucura também acabam com as diferenças que a gente inventa.

Lá dentro, embrulhos eram desfeitos: presentes, doces, livros. Gente calada, gente que falava pelos cotovelos. Mesmo na tristeza — pensava Olga — a vida é rica, variada, tem um grande movimento.

Quaresma estava menos exaltado, menos delirante. Talvez se sentisse menos perturbado no meio de tanta gente perturbada. O choque da internação tinha feito com que ele fosse tomando consciência de quem era e do que queria. Tinha recuperado os modos amáveis e estava mais magro.

Perguntou pela irmã. O compadre tentou explicar por que ela, mais uma vez, não tinha vindo. Quaresma interrompeu a explicação dizendo simplesmente:

— Coitada...

Perguntou pelo violonista, que nem sempre vinha. Olga respondeu que ele estava cuidando da questão da aposentadoria, que já estava bem encaminhada.

O compadre achava que o major estava sorrindo mais e que os gestos dele estavam quase calmos. Perguntou:

— Já acha que pode sair daqui?

Quaresma falou, devagar:

— Vamos esperar até eu melhorar um pouco mais. Eu não queria incomodar vocês. Vocês têm sido bons comigo. Quem tem inimigos tem também bons amigos.

O major disse aquilo e ficou emocionado. Então a moça anunciou:

— Padrinho, vou casar.

— Quem é o noivo? — quis saber o major.

— Armando Borges. Está se formando em Medicina — respondeu Olga. — Gostou da notícia, padrinho?

Quaresma respondeu com uma pergunta:

— Gosta dele?

Ela só sabia que não via nele a grandeza acima do comum que sonhava ver num homem. Não via isso em homem nenhum. Sabia também que a sociedade quer que uma moça não demore muito para escolher seu marido. Por isso, mesmo achando que estava mentindo, respondeu:

— Gosto, sim.

Os médicos recomendavam que as visitas não cansassem demais os doentes, por isto Coleoni e a filha se despediram.

Foram levar notícias para Adelaide. Lá encontraram o violonista contando que um compositor argentino tinha pedido as músicas dele, mas ele tocava de cor. Não sabia o que fazer para escrever todas aquelas melodias.

— Não é por mim, mas pela oportunidade que se perde de fazer o Brasil conhecido no **estrangeiro**.

Naquela época não existia o rádio e muito menos a televisão, e só era possível ouvir música se alguém tocasse e cantasse. As músicas eram divulgadas também por escrito.

Para a irmã do major, o violão era um instrumento de escravos, mas ela já gostava de Ricardo, que estava andando de repartição em repartição, de seção em seção, atrás de cada papel para conseguir a aposentadoria de Quaresma. Agora era questão de dias, explicou ele para Coleoni e a filha, e acrescentou que no próximo domingo ia dar essa notícia pessoalmente para o major.

Ricardo Coração dos Outros estava preocupado porque tinha aparecido um compositor e violonista negro que também cantava modinhas. Não tinha nada de mal se o negro tocasse piano, pois o prestígio do instrumento ia dar prestígio para a pessoa do **negro**. Mas um negro tocando violão, que era considerado um instrumento de escravos, ia desmoralizar ainda mais o violão. Ricardo precisava do conselho do major para enfrentar esse rival, pois Quaresma era o único que entendia como era patriótico o trabalho que ele fazia para dar prestígio ao violão.

Esta história se passa poucos anos depois da abolição da escravatura, que aconteceu em 1888. O racismo era muito mais forte naquela época.

— Policarpo conversou bem — disse Coleoni —, até ficou contente quando soube que Olga vai se casar.

Adelaide quis saber:

— Vai casar? Parabéns... É para quando?

Olga sorriu e explicou:

— Tem tempo. É para o fim do ano.

E para fugir da enxurrada de perguntas, Olga perguntou pelo

casamento de Ismênia. Adelaide contou que o noivo estava viajando fazia três ou quatro meses e ainda não tinha mandado nenhuma carta.

Ismênia, de fato, achava que estava condenada a não se casar nunca mais. Cavalcânti tinha partido um mês antes do carnaval, e, durante os festejos, Ismênia sentia raiva da alegria da irmã Quinota e do noivo Genelício, que já estavam tratando dos papéis. Depois do carnaval, como não costumava ler nem conversar, nem tinha atividade doméstica, a moça passava o dia deitada ou sentada, só pensando que logo ela, que tinha noivado antes da irmã, agora ia ficar solteira, pois não ia ter como arranjar outro noivo. Era uma doença.

Depois que Adelaide relatou a situação, Olga comentou:

— Esse rapaz merecia um castigo.

O compadre disse:

— Ora, vamos com calma. Tem gente que tem preguiça de escrever.

— Mas três meses, papai?! Para a própria noiva?!

Nisso chegou Ismênia, com o ar triste, para a visita de costume.

— Você recebeu carta, Ismênia?

— Ainda não... — respondeu ela com uma voz apagada.

O violonista se mexeu na cadeira e bateu com o braço no armário. Um bibelô caiu no chão e se espatifou.

Capítulo 6
NO "SOSSEGO"

Durante os seis meses no hospício da praia da Saudade, o major Policarpo Quaresma descobriu que nada é mais triste do que a loucura. Um homem continua dentro de si mesmo, mas quem fala por ele é um outro. Saiu de lá menos perturbado, mas mais abatido. Estava curado? Foi para casa, mas já não se sentia bem ali. A afilhada deu a idéia:

— Padrinho, por que não compra um sítio?

Ele se entusiasmou. Podia plantar alguma coisa, fazer uma

horta e um pomar. O Brasil tem os terrenos mais férteis do **mundo.**

O mito das terras mais férteis do mundo acompanha a imaginação de grande parte da população brasileira desde a chegada dos portugueses.

Olga chegou a se arrepender da idéia. Sentiu que o sonho nacionalista do major se acendia de novo.

— Em toda parte existe terra fértil, padrinho.

Os olhos do major brilhavam.

— Não como aqui no nosso país. Vou plantar, criar, cultivar milho, feijão, batata-inglesa. Vou mostrar que a nossa terra é única no mundo.

Alegre o major não era, mas ficou animado. Planejou a nova vida em todos os detalhes: imaginou plantar muito, colher muito e ganhar bastante. Não estava interessado no lucro. Só queria mostrar que o esforço e a vontade tudo podem. E para provar que qualquer solo brasileiro era capaz de criar riqueza e dar a quem trabalha nele uma vida farta e saudável, escolheu um lugar maltratado e abandonado.

Enxergou laranjeiras em flor, abacateiros de troncos fortes segurando os pesados frutos, jabuticabas negras, abacaxis como reis coroados, abóboras com flores carnudas, melancias, pêssegos, jacas, mangas... Esperava grandes colheitas de frutas, de grãos, de legumes. Esse exemplo seria seguido por mil outros cultivadores, e logo a cidade estaria cercada de um verdadeiro celeiro, e os produtos argentinos e europeus não precisariam mais ser importados.

O sítio do "Sossego", no município de Curuzu, distante duas horas de **trem** da cidade, não era feio nem belo: era calmo. A casa estava no alto do terreno. Nos fundos tinha uma colina. Perto corria um regato de águas paradas, e mais longe passava o trem. Era uma casa de campo simples com uma varanda confortável e quartos grandes, todos com janelas. Além dessa casa principal, tinha uma estrebaria e um pequeno galpão onde antes se moía farinha.

O trem era o meio de transporte mais utilizado para viagens, à época. A primeira ferrovia brasileira foi inaugurada em 30 de abril de 1854. Irineu Evangelista de Sousa, o barão de Mauá, foi um dos maiores incentivadores das ferrovias no Brasil.

Nas primeiras semanas, o major levava Anastácio para explorar as terras. Ele já tinha lido bastante **botânica**, **zoologia**, **geologia**, e Anastácio ensinava a ele os nomes das plantas brasileiras. Policarpo anotava tudo o que tinha no sítio, desde pedras até animais, passando pelas velhas árvores frutíferas. As terras eram povoadas de tatus, cutias, cobras, preás, várias espécies de pássaros. Ele organizou uma biblioteca agrícola e comprou diversos instrumentos para controlar o clima: termômetro, barômetro, pluviômetro e outros aparelhos.

Áreas da Biologia que estudam o reino vegetal (botânica) e os animais (zoologia). Geologia: estudo da Terra.

— Para que tudo isso, patrão? — estranhou Anastácio. — A gente sabe de olho quando chove muito ou pouco. Isso de plantar é capinar, pôr a semente na terra, deixar crescer e apanhar.

Era verão, mas ele levantava cedo e ia trabalhar na terra. Pequeno, fraco, míope, levava tombos e chegou até a quebrar os óculos. Não tinha jeito com a enxada: levantava poeira, fazia buraco e não tirava o mato. Anastácio mostrava que a enxada tinha que bater firme por cima e não terra adentro.

Um mês depois, com os dias de verão cada vez mais pesados, até que o major já capinava direito, mas precisava de muitas pausas para descansar. E só conseguia trabalhar de manhã. Depois do meio-dia, o sol levava embora as forças. Isso era o clima **tropical**; a alma morre sem nem reagir.

Clima quente, úmido e chuvoso. Neste caso, quer dizer muito quente.

Adelaide, preocupada, avisava:

— Não trabalhe tanto, mano. Não vá adoecer...

Quaresma dizia que não é saúde o que falta: quem adoece é porque não trabalha. Adelaide escutava em silêncio o relato diário dos progressos na lavoura. Ela não era entusiasmada como o irmão e tinha vindo junto só pelo costume de morar com ele. Para se entreter, ela criava galinhas, patos, gansos, e o espetáculo do galinheiro agradava ao major. Adelaide lembrou:

— Tua afilhada casa no sábado. Você não vai?

— Não posso... Mando um leitão e um peru.

— Ora, tu! Que presente!

— O que é que tem? É da tradição.

Anastácio avisou que um cavalheiro estava na porteira. Quaresma estranhou, pois ninguém aparecia por ali. Era um homem gordo, de aspecto desagradável, o tenente Antonino Dutra, funcionário da **Coletoria**. Não tinha vindo a serviço, mas para pedir dinheiro para a festa da santa padroeira da cidade. O major não era religioso, mas disse que podiam contar com ele. O tenente suava e perguntou se Quaresma pretendia se dedicar à agricultura.

Repartição municipal encarregada de cobrar impostos e taxas.

— Foi por isso que vim para a roça.

— Este sítio já foi uma lindeza, major. Quanta fruta, quanta farinha, mas agora as terras estão cansadas...

— Não existe terra cansada. Na Europa se cultiva há milhares de anos.

O tenente respondeu:

— Ah, mas lá se trabalha.

O major reagiu.

— E por que não se vai trabalhar aqui também?

— Aqui a gente vive mesmo é de política — disse o tenente. — Agora temos a eleição para deputado, e o candidato do governo, o doutor Castrioto, moço honesto, bom orador, vai ter que enfrentar um tal de Neves, indicado pelo senador Guariba, que brigou com o governador. O que o senhor acha?

Quaresma não achava nada, e o tenente foi embora com a impressão de que ele queria mesmo era ficar bem com os dois lados.

— O major é um filósofo — disse, quando se despediu. Policarpo ficou se perguntando por que toda a energia que colocavam nessas lutas políticas não era aplicada na terra, que só quer carinho, luta, trabalho e amor.

O trem apitou na estação e logo seguiu viagem. Alguém vinha caminhando com passos miúdos da estação na direção da casa. Vestia um casaco comprido e trazia um violão.

— Adelaide, está aí o Ricardo.

Capítulo 7
ESPINHOS E FLORES

Nos subúrbios do Rio de Janeiro, parece que foi o vento que semeou as casas, e, conforme as casas foram crescendo, as ruas foram sendo feitas. É rua larga que vai se estreitando como viela; é rua estreita que dá voltas e voltas. Tem casa luxuosa e tapera; tem jardim cuidado e mato nas calçadas. Tem gente direita e gente da pior espécie morando lado a lado. Nos quartos apertados das pensões vivem serventes, contínuos, rendeiras, compradores de garrafas vazias, castradores de gatos, cães e galos, mandingueiros, catadores de ervas medicinais. Moram famílias inteiras num só quartinho.

Numa pensão modesta dessas, morava, fazia muitos anos, Ricardo Coração dos Outros. Não era um ambiente desagradável: ficava na encosta de uma colina. Do quarto, o violonista podia ver aquela quantidade de casas, aquele formigueiro humano, o trem que passava como uma serpente.

Nos subúrbios, casas de todos os tipos.

Ricardo sofria. Alguns ingratos diziam que o tal violonista negro já tinha passado na frente dele. Já não lembravam os anos de trabalho que ele tinha dedicado para erguer o violão e a modinha. Lembrou a infância difícil numa aldeia sertaneja. Mestre Maneco Borges, que ensinou Ricardo a tocar, previu que ele ia longe: "A viola quer o teu coração, Ricardo". Ele se sentia um brasileiro numa terra de estrangeiros, que não percebiam a alma do Brasil que Ricardo mostrava com o violão.

O violonista chorou. O cheiro do mar chegava até ele, mesmo estando longe. A terra era bela, majestosa, mas ingrata. Queria dividir sua dor com alguém, mas estava sozinho. Da janela avistou uma pobre mulher negra que lavava roupa, duas vezes triste: na cor e na condição de uma simples lavadeira. E a mulher cantava:

Da doçura dos teus olhos
A brisa inveja já tem

Era uma canção dele. Ricardo teve vontade de descer e abraçar aquela pobre mulher, que trazia alívio para a dor que ele sentia. Foi então que ele lembrou dos versos do padre Caldas.

Lereno alegrou os outros
E nunca teve alegria...

Era esta a missão dele. Animado, saiu da janela e sentou para escrever. Quis falar da glória, algo invisível e difícil que a gente tem quando não sabe que tem e, quando pensa que tem, ela já se foi, mas não conseguia escrever. Ricardo quis sair, encontrar um amigo.

O tempo esquentava, e as cigarras cantavam na manhã de céu azul-claro. Só Quaresma era capaz de devolver a animação de Ricardo, mas o "Sossego" ficava tão longe, ele não tinha dinheiro para a passagem.

Chegou uma carta do general Albernaz convidando para tocar e cantar, daí a dois dias, no casamento da filha Quinota. A alegria de Ricardo voltou: pelo menos para o general, ele ainda era o rei do violão.

Chegou na festa logo depois do último brinde, quando os convidados iam para a sala de visitas. Quinoca estava radiante no vestido de noiva. Genelício estava de braço com ela, caminhando atrapalhado com os sapatos de verniz apertados. Lalá, a terceira filha do general, ajeitava o cabelo e sorria para o tenente Fontes. Ismênia caminhava pela sala com passos lentos, ocupada com os serviços da festa. Lulu, o filho homem de Albernaz, desfilava o uniforme do Colégio Militar.

Na roda dos convidados mais ilustres, o general estava satisfeito: tinha sonhado tanto com um casamento em casa, e finalmente o primeiro estava acontecendo. A carreira do noivo era muito gabada: "Com apenas trinta e dois anos já é primeiro escriturário do Tesouro".

— A carreira da Fazenda é a melhor depois da militar — comentou o major Bustamante.

Sentindo a obrigação de dizer alguma coisa, Ricardo observou:

— Quando se prospera, todas as profissões são boas.

Para valorizar a carreira militar, mais uma vez o general lembrou a batalha de Curupaiti, a batalha que não tinha assistido porque voltou para o Brasil um dia antes. O almirante Caldas lembrou a batalha de Humaitá, também na Guerra do Paraguai, mas ele só tinha servido em um navio depois que a guerra já tinha terminado. Ele explicou:

— Foi perseguição. Deram um jeito de não me deixar ir na hora certa. Se eu embarcasse, ia ser promovido.

Eles contavam batalhas que nunca viveram, guerras que não viram de perto, falando com orgulho de uma morte cor-de-rosa, sem brutalidades, até que dona Maricota chamou todos para o salão de danças e disse para Ricardo:

— O senhor vai cantar em seguida.

O violonista sorriu.

— É uma ordem.

No caminho, Albernaz perguntou para Ricardo:

— E o nosso amigo Quaresma, como vai?

Ricardo disse que ele ia melhor e pediu para o general arranjar uma passagem para ele ir visitar o major.

— Isso é difícil, mas apareça amanhã na repartição. Esse

Quaresma! Ele podia estar bem, mas foi se meter com livros. Faz uns quarenta anos que eu não pego num.

Depois que a famosa filha do doutor Lemos, cantou uma canção italiana com o mau gosto de moça bem-educada, chegou a vez de Ricardo.

— Vou cantar "Os teus braços", modinha de minha composição, música e versos. É uma composição terna, decente e de uma poesia exaltada.

Começou suave, com acordes longos, como uma onda, um soluço. Depois o violão acelerou, saltitante. E assim foi variando, ora gemendo, ora pulando. O aplauso foi fervoroso. Depois dos primeiros cumprimentos, quando voltava para a sala de jantar, Ismênia perguntou quando Ricardo ia ver Adelaide.

— Depois de amanhã devo ir lá — respondeu Ricardo.

— Então peça para ela me escrever. Eu queria tanto receber uma carta — confessou a moça, com olhos úmidos.

Capítulo 8
FORMIGAS

Na semana seguinte, o casamento foi de Olga. O noivo é que estava contente com o novo rumo que estava dando para sua vida. Aceitou sem nenhum constrangimento tudo o que o sogro deu. Ia ficar rico e já era médico. Achava que a noiva estava casando com ele por causa do diploma, mas estava enganado. Logo no começo do namoro, Olga tinha se iludido com o fingimento de inteligência e de amor pela ciência que Armando representava. Quando essa ilusão se desfez, ela não rompeu o noivado porque sabia que, se não casasse com ele, ia acabar casando com outro igual. Quaresma não foi à festa, mas mandou os presentes: o leitão e o peru.

O verão terminava, as chuvas começavam, o pomar estava limpo, e os canteiros para horta já estavam preparados quando Ricardo chegou para visitar o amigo. No dia seguinte, ele foi conhecer a vila. Passou pela barbearia, assistiu à saída da missa, conversou bastante e disse quem era. Depois de ter participado de tantas festas, a fama do artista já tinha chegado por ali. O violonista voltou para o sítio com um convite do doutor Campos, o presidente da Câmara, para uma festa dali a três dias.

Quaresma não acompanhou, mas ficou contente com o sucesso do amigo. O major tinha desistido de aprender violão, mas vibrava com o gosto daquela gente pelas coisas nacionais. Depois dessa festa vieram outras, pois o doutor Campos tratou de apresentar Ricardo para as pessoas importantes da cidade, e ele passou a ser convidado para a casa de todos.

Numa manhã, conversava com Quaresma enquanto esperava que trouxessem um cavalo do presidente da Câmara para ir passear numa cachoeira próxima.

— Major, foi uma boa idéia vir para a roça. Vive-se bem e aqui se pode subir na vida.

Policarpo respondeu que ele não tinha esse tipo de desejo.

— Mas e quando a gente não pede e, mesmo assim, oferecem alguma coisa? Conhece o doutor Campos, major? Sabe que ele é o presidente da Câmara? Ele quer conhecer o senhor.

Quaresma consentiu que Ricardo trouxesse o doutor Campos no sítio e foi pra roça com Anastácio e Felizardo, o novo empregado, que não conseguia parar de falar enquanto roçava. Contava todas novidades da briga entre o tenente Antonino e o doutor Campos. Quaresma perguntou de que lado ele estava. Felizardo respondeu que essas coisas de política eram pra gente como o major, que era amigo do marechal Floriano Peixoto. Quaresma se assustou:

— Eu não sou amigo coisa nenhuma, mal conheci o marechal. Quem disse isso?

— Ouvi dizer que o doutor Campos está inchado que nem sapo com a amizade que fez com o senhor.

Nada tirou da cabeça de Felizardo que o major era amigo do presidente da República. Quaresma ficou pensando na conversa de Ricardo, nas insinuações, mas acabou se distraindo com o trabalho na roça. E acabou esquecendo tudo com a chegada da afilhada com o marido, no fim da tarde.

O doutor Armando Borges não queria vir porque achava que não ficava bem ter intimidade com um sujeito sem título. Também não entendia como o sogro rico podia convidar um empregado de repartição para padrinho da filha. O contrário é que seria o normal. No entanto, a vaidade do moço ficou completamente satisfeita pelo respeito e pela consideração que recebeu de Quaresma e de dona Adelaide.

Na manhã seguinte, Quaresma, depois de ler no jornal um editorial contra as pessoas que tinham vindo de fora para morar em Curuzu, deu com estas quadrinhas:

POLÍTICA DE CURUZU
Quaresma, meu bem, Quaresma!
Quaresma do coração!
Deixa as batatas em paz,
Deixa em paz o feijão.
Jeito não tens para isso.
Quaresma, meu **cucumbi**!
Volta à mania antiga
De redigir em tupi.

Nome de uma festa de origem africana; a palavra deve ter sido usada aqui só para fazer a rima com tupi.

Não conseguiu imaginar por que motivo estava sofrendo aquele ataque. Ricardo contou que na cidade todos achavam que o major tinha se mudado para lá para fazer política, tanto que deixava o povo fazer lenha do seu mato, dava esmolas, distribuía remédios homeopáticos.

— E não desmentiste isso tudo? — perguntou Quaresma.

Ricardo disse que sim, mas ninguém queria acreditar.

O doutor Campos levou Olga e o marido para visitarem a cachoeira, principal atração do lugar. O que mais impressionou Olga foi a miséria geral: terras que não eram cultivadas, a pobreza das casas, o ar triste e abatido das pessoas. Não era essa a idéia que ela tinha da roça: onde estavam as hortas, os pomares, o gado, as vacas leiteiras? Se ela fosse homem ia encontrar uma solução: ia andar por ali, observando, perguntando para descobrir a causa. Não podia ser só preguiça.

No dia seguinte, foi passear na roça e perguntou para Felizardo por que ele não plantava na terra onde morava. O homem respondeu que a terra não era dele, que tinha formiga, que ele não tinha ferramenta. Acrescentou:

— Isso é bom pra italiano e alemão, que o governo dá tudo. O governo não gosta de nós.

Olga ficou pensando: não era dele a terra? Mas então de

quem era toda aquela terra abandonada, improdutiva, que tinha visto nas fazendas fechadas, com casas em ruínas? Quando chegou, encontrou o padrinho e o marido conversando. Quaresma respondia para Armando:

— Adubos? De jeito nenhum! O Brasil tem as terras mais férteis do mundo.

— Mas a terra se esgota, major. E na Europa tem terras mais férteis, como as terras negras da Rússia.

Policarpo descobre as formigas.

— O senhor não é patriota, doutor. Como pode? Esses moços!

O jantar foi mais calmo. Depois, Ricardo cantou, e Olga tocou piano. Antes das onze, estavam todos deitados. O major lia na cama e ouviu estranhos estalos que vinham da despensa, ao lado do quarto, um ruído parecido com gravetos quebrando. Levantou, pegou a vela, abriu a porta e não viu nada. Entrou na despensa e sentiu uma ferroada no pé. Quase gritou. Uma enorme saúva mordia com fúria aquela pele magra. Milhares delas carregavam as reservas de milho e feijão para uma cidade subterrânea. Matou uma, duas, dez, vinte. Mais uma mordeu a perna do major, duas, dez, vinte foram subindo pelas suas pernas, pelo corpo todo. Custou a encontrar a porta no escuro e fugiu daqueles pequenos inimigos.

Capítulo 9
A VOLTA DAS FORMIGAS

Dona Adelaide era quatro anos mais velha que o irmão, e a tranqüilidade daqueles sossegados olhos verdes mostrava que ela era completamente diferente dele. Ela nunca tinha sonhado com príncipes e festas e não tinha casado porque nunca tinha sentido necessidade de um marido. Para ela a vida era coisa simples: ter casa, jantar e almoço, roupa para vestir. Ela não tentava entender por que o irmão era tão inquieto e agitado e nem reparava que, de vez em quando, ele ficava parado olhando o horizonte. Anastácio até observava quando ele interrompia o trabalho na roça e olhava para o chão, dava um muxoxo, soltava uma exclamação, dizia alguma coisa incompreensível. Anastácio reparava, mas não dizia nada. Felizardo continuava falando. Ricardo e Olga já tinham ido do sítio fazia mais de seis meses.

Os instrumentos de meteorologia não tinham servido para nada e estavam esquecidos. Continuava tocando o trabalho na terra e, de vez em quando, pensava em como acabar com a campanha que o jornal tinha movido contra ele, mas não conseguia pensar nisso por muito tempo porque continuava angustiado com a miséria daquela gente humilde, que tinha perdido qualquer sentimento de solidariedade. O velho costume do mutirão já tinha desaparecido. Nem a prosperidade dos portugueses ali de perto, que produziam, vendiam e lucravam, servia de exemplo.

Os abacateiros que o major tinha livrado das ervas-de-passarinho deram frutos, e ele foi para o Rio de Janeiro achar um comprador e, depois de muito andar pelo mercado, acabou vendendo o cento pelo preço que as bancas cobravam por uma dúzia.

De qualquer forma, a terra estava dando o primeiro lucro. Contratou outro empregado, Mané Candeeiro, só para cuidar do pomar. Ele cantava versos que tinham nomes dos passarinhos da região. Quaresma escreveu e mandou para o velho poeta de São Januário.

O milho já estava a meio palmo acima da terra quando as saúvas atacaram de novo. Não sobrou nada. O major saiu atrás dos formigueiros e queimou formicida. Elas desapareceram até atacarem todas as laranjeiras numa linda noite estrelada.

No dia seguinte, saiu com Mané Candeeiro e vasculhou todo o sítio em busca de entradas, buracos, túneis, panelas, olhos de formigueiros, e bombardearam todas as pistas das formigas com poderosos venenos. E não afrouxou mais a vigilância sobre elas.

Logo pôde colher abóbora, aipim, batata-doce. Vendeu e fez as contas; descontado o que pagou pelo frete, tinha lucrado um pouco mais do que com os abacates. Adelaide levantou os olhos da costura:

— O melhor é deixares isso... Tens gasto muito dinheiro... Só com as formigas.

— Ora, Adelaide, não quero fazer fortuna. Faço para dar o exemplo.

Policarpo não aceitava adubo porque as terras mais ricas do mundo decerto iam produzir sem artifícios, mas estava já disposto a comprar máquinas agrícolas. Examinava, num catálogo, um arado americano que fazia o trabalho de vinte homens. Chegou o doutor Campos, com seu jeito jovial e educado, falando das eleições que estavam próximas. Disse que a oposição só ia ganhar na seção que ficava perto da casa do major, mas se ele fizesse o favor de escrever uma carta para o juiz dizendo que a seção não funcionou, a vitória da situação já estava garantida. Quaresma respondeu:

— Absolutamente não.

Campos não ficou aborrecido. Conversou um pouco mais e se despediu com um jeito amável. Dois dias depois, um homem fardado entregou uma carta da prefeitura lembrando de uma lei municipal que manda os proprietários capinarem suas calçadas. O "Sossego" estava na beira de duas estradas; seriam, portanto, mil e duzentos metros para capinar. Dias depois chega outra intimação assinada pelo tenente Antonino, exigindo o pagamento do imposto que o major devia por ter vendido produtos fora do município. Ele não tinha apoiado nenhum dos dois grupos políticos e estava sendo castigado por ambos. Foi então que Quaresma entendeu por que Felizardo, mesmo tendo tanta disposição com a enxada, não tinha ânimo para plantar para si mesmo e bebia todo o dinheiro que chegava nas mãos dele. Entendeu por que tinha tantas terras entregues às formigas e às ervas daninhas. Percebeu que toda aquela rede de leis, posturas, regulamentos era usada para perseguir inimigos e para oprimir o povo.

Percebeu então que não ia adiantar nada nem aprender a tocar o violão, nem mudar a língua do país, nem cultivar um pequeno sítio para dar o exemplo. Agora ele já sabia o que o país precisava. Precisava de um governo forte para expulsar os políticos desonestos e promover reformas profundas com leis sábias e favoráveis ao agricultor.

Felizardo trouxe o jornal e avisou que no dia seguinte ia se esconder no mato. Explicou:

— Dizem que tem revolução e vão recrutar.

Quaresma abriu o jornal. Navios da **esquadra** estavam rebelados e queriam a deposição do presidente. Policarpo pegou o chapéu e foi ao correio. Passou este telegrama:

"Marechal Floriano, Rio. Peço energia. Sigo já. — Quaresma."

Essa rebelião da Marinha aconteceu em 1893 e ficou conhecida como Revolta da Armada. Os oficiais da Marinha queriam a volta da monarquia e a renúncia do marechal Floriano Peixoto, pois a república tinha sido proclamada pelo Exército.

Capítulo 10
O TROVADOR

Albernaz e Caldas caminhavam, fardados e de espada, entre as árvores da Quinta Imperial. Era de manhã, e o dia estava fresco e límpido.

— Então um sujeito se mete num navio, aponta o canhão para a terra e quer depor o presidente?

— Não pode. O governo precisa se fazer respeitar — disse o general.

Um soldado dormia numa moita entre as velhas árvores. Acordou assustado com os gritos de Albernaz. Tinha estado de sentinela toda a noite e ia pra casa, mas estava muito cansado. Os oficiais perguntaram quais eram os navios dos revoltosos, e o soldado só sabia do *Aquidabã*. Disseram para ele ir pra casa para não ser assaltado e seguiram até a estação de São Cristóvão, que estava cheia de soldados. Todos batiam continência para eles, que atravessaram a plataforma e encontraram o major Inocêncio Bustamante, que também ia se apresentar ao governo.

O trem chegou trazendo militares alegres e civis amedrontados, que só falavam cochichando. Qualquer frase menos favorável ao governo podia custar o emprego, a liberdade, a vida. Em nome do marechal Floriano, qualquer oficial e, na verdade, qualquer pessoa podia mandar alguém para a cadeia, e não faltava quem quisesse bajular os poderosos.

Os três oficiais tomaram o trem. Caldas ia para o arsenal da Marinha; Albernaz e Bustamante, para o quartel-general do Exército. Foi lá que encontraram o tenente Fontes, noivo de Lalá, filha do general. Fontes era **positivista** e por isso não admitia qualquer alteração da ordem. Disse que, se fosse por ele, ninguém teria piedade com os revoltosos. Já Albernaz não tinha raiva. Vinha se apresentar porque precisava de uma comissão para pagar o casamento de Lalá. O major Bustamante era fiel ao marechal e estava disposto a organizar e

O positivismo é um sistema de pensamento criado pelo francês Augusto Comte. Para o positivismo, a sociedade funciona segundo leis rígidas e imutáveis.

comandar, desde que ganhasse o posto e o soldo de coronel, um batalhão de voluntários chamado "Cruzeiro do Sul". Caldas tinha a esperança de, finalmente, ganhar uma esquadra para comandar. Genelício também estava se apresentando e só esperava ser nomeado subdiretor. Era o único jeito de botar ordem na seção onde ele trabalhava.

Na verdade, todos ali tinham a secreta esperança de ocupar a vaga de algum suspeito mandado para a cadeia. O governo precisava conquistar simpatia e não podia deixar de nomear, promover, inventar novos cargos e gratificações.

Até o doutor Armando Borges precisava de um emprego público além do hospital particular onde trabalhava. Para isso, vinha tratando de fazer seu nome: de vez em quando publicava um artigo cheio de frases em inglês, francês e alemão. Seu último truque intelectual era um grande artigo com o título de "Ferimentos por armas de fogo", que ele vinha traduzindo para o "clássico". Um doutor não podia escrever como os meninos que escrevem contos e romances. Escrevia como eles e depois invertia as orações, picava o período com vírgulas e substituía *incomodar* por *molestar*, *ao redor* por *derredor*, isto por esto, tão grande por quamanho, enchia de ***ao invés***, ***empós***. Adorava usar a expressão ***às rebatinhas***.

Queria um cargo de professor, mas tinha medo de fazer concurso. Esperava que a admiração por aquele estilo valesse uma indicação para esse cargo. Olga já tinha visto que ele dormia em cima dos livros que fingia ler. Ela não chegou nem a ter desprezo dele. Apenas se desinteressou.

Ao invés quer dizer *em vez de*. *Empós* quer dizer *depois*. *Às rebatinhas* significa *em discussão*.

Coleoni disse à filha:

— Está no jornal que o teu padrinho telegrafou para o marechal avisando que vem aí. Está maluco.

— É dever de todo patriota lutar pela República — diz o doutor, entrando na sala.

— E vocês têm o monopólio do patriotismo? — perguntou Olga. — Ninguém pode reagir aos fuzilamentos e outras violências do governo aqui e no Sul?

— Você, no fundo, é uma revoltosa — responde o doutor, saindo.

Agora, para Ricardo Coração dos Outros, só faltava ser convidado para uma festa em Botafogo. Ele tinha publicado um livro de canções e preparava outro. Já tinham esquecido o seu rival. Vivia dedicado ao trabalho. Só saía do quarto para comer perto da estação e não lia os jornais. Revisava a letra de uma canção que tinha composto ainda no "Sossego" quando ouviu um tiro, depois outro.

Capítulo 11
PATRIOTAS

Quaresma não viajou tão rápido quanto tinha anunciado. Teve de botar os negócios do sítio em ordem, arranjar companhia para Adelaide, que não entendia por que ele, com a idade que tinha, queria correr os riscos da guerra. O major respondeu que era preciso pôr toda a energia, toda a inteligência a serviço do governo. Anastácio não disse nada. Só olhou para ele com um olhar cheio de espanto e piedade. Policarpo aproveitou a demora para escrever um memorial para entregar a Floriano.

Chegou no Palácio Presidencial e ficou num canto esperando o presidente chamar. Era pouco depois do meio-dia, e Floriano tinha um palito na boca. Ouvia com o olhar baixo uma comissão de senhoras. Quando elas saíram, chegou um grupo de cadetes que começaram a falar no ouvido e bater nas costas do presidente com intimidade.

O major teve tempo para examinar bem o homem que ia governar o país durante quase um ano com todos os poderes nas mãos. Sua cara era mole, grosseira e vulgar. Tinha um bigode caído, um olhar mortiço, com uma expressão de tristeza e preguiça. Quaresma, no entanto, tinha grande consideração pelo marechal e não quis julgar que aquela cara doentia e inexpressiva representasse a falta de coragem, de iniciativa e de caráter que muitos viam nele. Policarpo achava que ele era enérgico, decidido, cauteloso e conhecedor das necessidades do país.

Floriano e seu bigode caído.

Floriano tinha a capacidade de guardar fisionomias, nomes, empregos, cargos dos subalternos. Quando chamou o major, perguntou:

— Então, Quaresma? Sei que deixou o Arsenal. Onde tem andado?

Quaresma ofereceu seus serviços e estendeu o documento que tinha na mão.

— Deixa aí — disse o marechal, e chamou o recém-nomeado tenente-coronel Bustamante, perguntando como estava o seu batalhão. Bustamante disse que precisava de um quartel. O marechal rasgou um pedaço de uma página do documento de Quaresma e escreveu um bilhete para o ministro da Guerra.

— Ora! Quaresma! Rasguei o teu escrito... Não faz mal... Era a parte de cima, não tinha nada escrito. Bustamante, aproveita Quaresma em teu batalhão.

Saíram juntos. Quaresma aceitou o convite.

— Precisamos de uniformes, sapatos para os soldados, e não convém sangrar o Tesouro, não é mesmo, major Quaresma?

— Certamente — respondeu o entusiasmado Policarpo.

O novo tenente-coronel explicou que cada oficial ia contribuir com dinheiro de acordo com a patente. Como Quaresma era major, tinha de pagar quatrocentos mil réis. Era um bocado de dinheiro, mas o posto que ele tinha era importante.

Quaresma explicou que, na verdade, não era major. O nome dele tinha sido colocado numa lista de **guardas-nacionais** com esse posto por um amigo que trabalhava no ministério do Interior. Como Policarpo não ligava para títulos e patentes, nunca chegou a pagar a taxa devida e, por isso, nunca recebeu o atestado. No entanto, todos os conhecidos que ligavam para títulos e patentes começaram a chamar ele de major. No começo, ele protestou, mas não adiantou nada.

A Guarda Nacional foi criada para dar aos donos de terras aliados do imperador o poder de criar uma tropa armada para policiar a região onde viviam. Na época desta história, o Exército já era muito mais forte do que essas tropas.

Como sua apresentação no quartel era só às seis da tarde, Quaresma foi visitar o compadre. No bonde, encontrou o general Albernaz.

— O marechal me encarregou da munição. Ele sabe que munição que sai das minhas mãos é munição. Eu examino cada caixote para que não aconteça como no Paraguai. Para lá se mandou muita cal como se fosse pólvora.

Policarpo perguntou por Ismênia. O general, triste e envergonhado, contou que ela ia do mesmo jeito. A moça passava o dia quieta, olhando para nada. De repente, se enfeitava, corria até a mãe e dizia:

— O meu noivo não deve demorar! É hoje o meu casamento...

Ou então recortava papeizinhos e escrevia convites para o casamento. Os médicos não acertavam. Quando havia bailes em casa, levavam Ismênia para a casa da irmã casada.

O bonde chegou no Largo de São Francisco, e eles se despediram.

Olga viu o padrinho entrar em sua casa e não sentiu a mesma alegria de sempre. Era o mesmo homem baixo, pálido, com aquele cavanhaque apontado e o olhar agudo, mas parecia estar sendo empurrado por uma força estranha. O major falou da entrevista com Floriano, da incorporação ao batalhão, da necessidade de restaurar a autoridade. Olga observou:

— Não se governa mais em nome de Deus. Por que essa veneração pela autoridade dos governantes?

— É preciso que ela exista por causa das necessidades da sociedade — explicou Quaresma.

— Se ao menos essa autoridade trouxesse felicidade para todos — respondeu Olga.

— Há de trazer — afirmou o major. — É preciso que ela seja reforçada.

Quando saiu, Quaresma andou pelo centro da cidade, onde a vida continuava a mesma: rapazes conversando e moças passeando. Se uma bala zunia, as moças davam gritinhos de gata e corriam para dentro das lojas.

No Quartel Provisório, entregou sua cota ao coronel e recebeu uma fantasia de seringueiro: era o uniforme do batalhão. Ouviu uma gritaria na varanda. Um homem era arrastado pelos soldados: se debatia, chorava e implorava liberdade.

— É o Ricardo! — exclamou Quaresma. — O senhor conhece, coronel.

— Sei. É um voluntário **insubmisso**, um patriota rebelde, mas temos necessidade de gente. Ele vai ser cabo. Devolvam o violão do cabo Ricardo.

Se chama de voluntário quem se apresenta por vontade própria para fazer algum serviço; no entanto, sempre foi muito comum, no Brasil, o recrutamento forçado de homens para lutar em revoluções ou para servir no Exército.

Capítulo 12
VOCÊ, QUARESMA, É UM SONHADOR

O destacamento que Quaresma comandava tinha um canhão; por isso, ele comprou livros para estudar artilharia. Logo percebeu que para conseguir compreender o funcionamento dos canhões ia ter de entender como se comportavam as balas e começou a estudar balística. Para compreender o funcionamento das balas, começou a estudar mecânica. A mecânica só podia ser entendida por quem tivesse conhecimentos de cálculo e de geometria. Para chegar na geometria, o major precisou recapitular as aulas de aritmética e de álgebra dos tempos de escola primária. Quando teve de extrair uma raiz quadrada de uma fração decimal, pediu explicação para o tenente Fontes, que era o artilheiro encarregado do canhão.

Logo o major teve a oportunidade de aplicar os conhecimentos que tinha acumulado. O tenente não estava no quartel, quando, de madrugada, o vigia deu o alarme: um vulto se movia na sombra resvalando pelo mar na direção do quartel.

— O canhão! — ordenou Quaresma.

E foi consultar os livros, enquanto o vulto avançava. Os soldados carregaram e dispararam.

O major voltou correndo:

— Mediram bem a distância, a alça de mira, o ângulo?

No dia seguinte, Fontes ria:

— O major pensa que está fazendo exame na escola? É só mandar bala.

Quase todas as tardes tinha bombardeio: do navio para os quartéis e dos quartéis para os navios, e não se quebrava nenhum vidro. De vez em quando, acertavam e saía no jornal: "O Forte Acadêmico fez um maravilhoso disparo. O *Guanabara* foi atingido". No dia seguinte, o jornal corrigia: "O tiro certeiro saiu da Fortaleza de Santa Cruz".

A essa altura, a revolta já era o divertimento da cidade: às vezes um cidadão comum entrava no quartel e pedia delicadamente para dar um tiro. O oficial mandava carregar, dava as instruções, e o homem disparava o canhão.

Às vezes, o alferes Polidoro, que trabalhava numa fábrica de móveis e só vinha à noite para o quartel, chegava mais cedo, e Quaresma saía a caminhar pela cidade. A noite era alegre, pois o governo pagava salário dobrado para os soldados, além das gratificações. Os teatros e os restaurantes estavam sempre cheios. Quaresma foi pagar a visita que devia a Albernaz. Lá estavam também o tenente Fontes, Caldas e o tenente-coronel Bustamante, que perguntou a Quaresma pelas deserções.

— Até hoje, nove.

— Falta patriotismo para essa gente — Bustamante coçou a cabeça.

— Fazem muito bem — disse o almirante, contrariado.

O processo de revisão de sua reforma não andava, e o governo não tinha dado nenhum comando para ele.

Às dez horas, o major voltou para o quartel e deitou. Ricardo veio dizer que o marechal tinha chegado. Visitar os quartéis de noite era um costume dele, e esse costume rendia elogios dos jornais e da opinião pública. Floriano vestia um chapéu de feltro mole, abas largas e um velho casaco desbotado. Parecia um bandido ou um chefe de família que ia para a farra. Policarpo deu as notícias do ataque recente ao quartel, e o presidente sacudia a cabeça e resmungava. Depois Quaresma foi com ele até o bonde. No caminho, criou coragem para perguntar pelo seu memorial. Floriano respondeu lentamente:

— Eu li.

Quaresma ficou entusiasmado:

— Então, como o senhor vê, basta mudar a legislação... — e quanto mais falava, mais se entusiasmava. Até que o marechal interrompeu:

— Você pensa que eu vou botar uma enxada na mão de cada um desses vadios? Aí não vai ter exército que chegue para controlar essa gente toda. Quaresma, você é um sonhador.

Capítulo 13
E VOLTARAM EM SEGUIDA, SILENCIOSOS...

A revolta já durava quatro meses, e a vitória do governo não era tão certa. No Sul, os revoltosos estavam quase chegando em São Paulo. É verdade que, ali no Rio de Janeiro, eles tinham sido expulsos da ilha do Governador, mas continuavam controlando a baía de Guanabara. Quaresma sofria com o que diziam sobre a violência das tropas do governo na ocupação da ilha: mortes, saques, incêndios.

Quando foi receber o salário, Quaresma encontrou o general Albernaz e perguntou por Ismênia.

— Tenho tentado de tudo: médicos, espíritas, feiticeiros. Já pensei até numa internação num hospital, mas no estado dela não vale a pena.

Ismênia estava definhando, e o general já tinha seguido todos os conselhos que tinha recebido de todo o mundo. Levava para casa médiuns que olhavam para ela com os olhos desvairados e gritavam: "Sai, irmão". Vinham feiticeiros negros africanos que acendiam um fogareiro no quarto, batiam feixes de ervas. O trabalho era longo, e no fim dona Maricota perguntava se tinham feito feitiço. O negro velho respondia:

— Foi, mas o santo não quer dizer quem fez.

Quaresma se ofereceu para pedir para o marido da afilhada examinar a moça. Albernaz esperava um milagre de qualquer um.

Na casa do compadre, Olga viu o padrinho entrar e não sentiu a mesma alegria de sempre. Ela não gostava quando ele falava de tiros e batalhas como se aquilo não causasse morte e tristeza. Além disso, achava que ele, às vezes, parecia desanimado e sem esperança. Parecia duvidar que valesse a pena arriscar a vida pela prosperidade dos cidadãos e pelo enriquecimento do país. A afilhada achava que era por causa do que o presidente tinha dito para ele.

Quaresma explicou a razão da visita, mas o doutor Armando não estava. Ele tinha sido nomeado médico do Hospital de Santa Bárbara, na vaga de um colega demitido porque tinha ido visitar um amigo na prisão, mas o hospital estava ocupado pelos revoltosos. Como não podia ir trabalhar, Armando ia todos os dias para os corredores do Itamarati para ser visto pelos assessores de Floriano.

Olga entendia muito bem que a causa do desespero de Ismênia era aquela obrigação de casar a qualquer custo que botam na cabeça de toda moça. Ficar solteira era uma desonra. Prometeu falar com o marido, que passou a tratar da moça doente. Ela continuou a definhar, apesar das visitas dele. Já não podia sentar na cama e quase não falava. Por isso, dona Maricota ficou surpresa no dia que Ismênia perguntou:

— Quando Lalá vai casar?

— Quando acabar a revolta.

Ismênia ficou calada, olhando o teto e disse:

— Mamãe, eu vou morrer e queria ir vestida de noiva.

— Não diga isso, minha filha — disse a mãe, que ainda tentou animar a filha até que ela deitou de lado e dormiu. A mãe saiu do quarto, pressentindo que a filha estava falando a verdade.

Enquanto Ismênia dormia, dona Maricota teve de fazer uma visita, e as irmãs ficaram conversando distraídas. Ismênia acordou e viu o vestido de noiva no guarda-roupa pela porta, que não estava bem fechada. Levantou descalça e vestiu a saia. Lembrou sem ódio do noivo, dos olhos arregalados dele, mas teve raiva da cartomante que tinha dito que ele não voltava. Abotoou a blusa e foi até o espelho. Arrumou o véu na cabeça e sentiu uma fraqueza. Quando vieram ver como ela estava, ela já tinha morrido.

No enterro, Quaresma olhava as inscrições dos túmulos. Elas eram longas, tinham nomes, datas, sobrenomes, mas todos eram desconhecidos. Ali não estava nenhuma celebridade, ninguém que continuasse a viver na memória dos que ainda estão aqui.

De volta ao quartel, foi recebido com alegria por Bustamante:

— Vamos marchar, e é o senhor que vai comandar a tropa, porque eu preciso terminar de organizar o batalhão. Depois eu vou.

— Para onde vamos? — perguntou o major.

— Não sei. O Itamarati não disse — o tenente-coronel não dizia que a ordem vinha do quartel-general, nem mesmo do ministério da Guerra. Era sempre do Itamarati, onde estava o marechal.

Quaresma desistiu de pedir uma licença para ir ver a irmã e pensou que agora tinha de comprar alguns livros sobre infantaria.

Capítulo 14
O FUZILAMENTO

No sítio do "Sossego", o capim, o carrapicho e as urtigas cresciam e invadiam as plantações. Anastácio um dia capinava aqui, outro ali, sem método nem continuidade. As formigas voltaram, devastando tudo, e o antigo escravo não sabia o que fazer, mas ele lutava: cercava a horta com latas de querosene, folhas de coqueiro, tábuas de caixão. Podia ter feito uma cerca com bambu, mas aquela cabeça parecia que tinha necessidade de construir coisas irregulares, como eram os canteiros tortos que ele fazia.

As máquinas agrícolas enferrujavam ainda com a etiqueta da loja. No galinheiro não se ouvia mais o cacarejo das aves, pois tinham morrido de uma estranha peste.

A candidatura de um homem de confiança do governo central acabou por juntar o doutor Campos com o tenente Antonino contra ele. Veio a eleição, e dona Adelaide via desfilar na frente da porta os eleitores da roça vestidos para um baile ou para uma festa a fantasia. Ao lado dela, estava sinhá Chica, esposa de Felizardo, sentada sobre as pernas cruzadas, olhos baixos, fixos, de brilho fraco, mergulhada nos misteriosos poderes dos feitiços.

Não era uma boa companhia, mas foi quem ficou com Adelaide na casa. Era a mais famosa rezadeira do município: cortava febres, curava cobreiros, conhecias as ervas. Com uma pequena faca, era capaz de afugentar espíritos malignos. Até mesmo o doutor Campos tinha respeito por ela e nunca usou a legislação que proibia essa medicina popular. Se fizesse isso, ia perder votos, pois era ela que atendia os miseráveis, os pobretões, deixando os mais cultos para a clínica dele. Felizardo vinha às vezes de noite, pois passava os dias escondido no mato com medo do recrutamento.

Adelaide escrevia cartas pedindo ao irmão que voltasse. Ele respondia pedindo paciência. A última carta que ele tinha mandado, no entanto, era completamente diferente. Falava do ferimento que tinha recebido, contava do horror do combate: primeiro os tiros, depois as baionetas, os facões, os machados, as coronhadas. Dizia: *Este teu irmão foi descobrir dentro de si muita ferocidade. Eu matei, minha irmã, e ainda descarreguei o revólver num homem ferido que gemia no chão. Quando me acertaram, o que mais doía era a minha consciência. Além disso, acho que todo o meu esforço foi inútil.*

Quando Quaresma saiu do hospital, a revolta tinha acabado, e o batalhão do major foi mandado para o presídio da ilha das Enxadas. A alma do major ficou ainda mais atormentada: tinha pena e vergonha dos prisioneiros. Além disso, todos os sonhos tinham desmoronado. Não tinha encontrado nenhum estadista, nenhum homem, velho ou moço, com um ideal superior: só havia

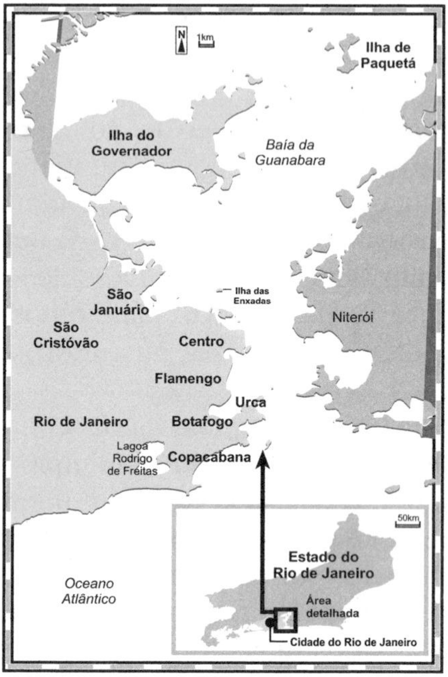

A baía da Guanabara.

interesse pessoal, fanatismo, autoritarismo. Essa era a grande desilusão do major.

Os prisioneiros eram simples marinheiros brancos, pretos, mulatos, caboclos, gente que estava ali levada pelo costume de obedecer, arrancada à força de casa, das ruas, gente que tinha se alistado para poder comer.

Um soldado disse que tinha chegado um oficial do Itamarati. Ele tinha ordens de levar alguns prisioneiros. Foi acordando um prisioneiro aqui, outro ali.

— Eu era só um enfermeiro — gritou um deles.

— Pode levar. Enfermeiro coisa nenhuma!

Foram doze os escolhidos ao acaso para serem fuzilados, e Policarpo ficou pensando por que ele estava ali para assistir e participar daquela crueldade que tinha o objetivo de fortalecer o governo que ele tanto queria apoiar.

Capítulo 15
A AFILHADA

Poucos dos que estavam presos com Quaresma sabiam com certeza por que estavam encarcerados. O major desconfiava que era por causa da carta que ele tinha escrito ao presidente protestando contra o fuzilamento dos prisioneiros. Ele não conseguiu se controlar depois que viu aqueles desgraçados escolhidos de qualquer jeito, sem motivo nenhum, no meio da noite, levados para serem mortos sabe lá onde. Aquilo mexeu com todos os sentimentos dele, com os princípios dele, foi um desafio para a coragem que ele sempre tinha, para a solidariedade que ele sempre sentia. Escreveu uma carta indignada, apaixonada, dizendo francamente qual era a sua opinião sobre tudo aquilo.

Agora sabia que podia esperar qualquer coisa, já que a conduta do governo não era regular. Ele podia ainda ser solto, mas também podia ser morto naquela noite mesmo. Então pensou no que tinha feito da vida. Nada. Tudo o que fez foi na ilusão de estudar para poder contribuir para a prosperidade e a felicidade da pátria. Desde os dezoito anos tinha feito isso: nunca tinha brincado, nem farreado e nem amado. Lembrou dos estudos, do tupi-guarani. O que tinha conseguido? Só deboche. Lembrou do sítio: as terras não eram as mais férteis do mundo. Lembrou do patriotismo. Só teve decepções. Quem disse que a nossa gente é gentil e cordial? Ele tinha visto essa gente combater como fera, matar prisioneiros indefesos.

Ricardo soube da prisão de Quaresma e tentou achar um jeito de soltar o major. Sabia que o Itamarati estava indignado com ele, mas resolveu correr o risco. Foi atrás de Genelício, que fez de conta que nem sabia quem ele era:

— O senhor sabe que o major Quaresma está preso? Eu queria que o senhor se interessasse.

— Aquele maluco? Não me meto nessas coisas. O governo sempre tem razão.

Procurou o general Albernaz, que respondeu:

— Meu filho, eu não posso... Você sabe, sou governista e vai parecer que deixei de ser se eu for pedir por um preso.

Foi para o batalhão e bateu na porta de Bustamante, que tinha recebido ordem de ir para o Paraná e estava de mau humor. Como é que ia administrar direito o batalhão no meio da agitação das marchas, dos acampamentos? Ricardo entrou e expôs a questão. A resposta do tenente-coronel custou a vir. Então, olhando Ricardo de cima, sacudiu a cabeça:

— Vai embora, senão mando te prender.

A última esperança de Ricardo era Olga. Ela estava sozinha em casa, pois o doutor Armando era cada vez mais assíduo no hospital para ser muito visto e subir mais ainda.

Olga ficou comovida. Lembrou do eterno sonho e da ternura do padrinho, da determinação que botava nas coisas que fazia, mas ficou desesperada. Não conhecia ninguém. Só a piedade que sentia não ia ajudar.

— Talvez seu marido — disse Ricardo.

Ela pensou no caráter do esposo e só viu egoísmo e ambição:

— Que nada. Esse não tem jeito.

Ficaram os dois em silêncio, até que o olhar de Ricardo ficou alegre:

— E se a senhora fosse lá...

Ela levantou a cabeça, e os olhos se arregalaram. Quase não pensou e disse:

— Eu vou.

Foi se vestir, e o marido entrou quando ela abotoava as luvas.

— Você vai sair? E o que faz esse senhor aqui?

— Vai comigo ao Itamarati para salvar o meu padrinho da morte.

Armando falou docemente:

— Você faz muito mal.

— Por quê?

— Você vai me comprometer. O meu emprego...

Olga riu:

— É isso. Você só sabe dizer *eu*. Eu não sou nada, não tenho direito de ter amizade por ninguém. Sou um móvel, um enfeite.

Pegou a sombrinha e saiu. No **Palácio**, pediu para ser recebida pelo marechal. A muito custo conseguiu falar com um ajudante-de-ordens.

Depois de Salvador, o Rio de Janeiro foi capital do Brasil até a transferência para Brasília.

— Quem, Quaresma? — disse ele. — Um traidor! Um bandido! O marechal nem vai querer atender a senhora.

Ela foi embora com vergonha de ter feito um pedido que diminuía a grandeza moral do padrinho. Era melhor que ele morresse como um qualquer, mas que não perdesse o orgulho nem a dignidade.

Saiu e andou, olhou para o céu, as árvores e lembrou que por estas terras já tinham andado tribos selvagens quatro séculos atrás. Viu os bondes passarem, ouviu o apito de uma locomotiva. Muitas mudanças já tinham acontecido ali. Vamos esperar mais um pouco, pensou ela, e caminhou com serenidade para encontrar Ricardo Coração dos Outros.

Este livro faz parte da coleção "É só o Começo", destinada a novos leitores jovens e adultos, recém-alfabetizados ou alfabetizados há mais tempo.

O objetivo da coleção é diminuir a distância entre o leitor e o livro. Textos originais da literatura brasileira foram adaptados, reduzidos e enriquecidos com notas históricas, geográficas e culturais, inclusive mapas, para auxiliar na leitura e na compreensão do texto. Dados sobre a obra, a época em que foi escrita, o autor e também sobre os personagens são apresentados com este mesmo fim: a aproximação prazerosa do leitor com o texto escrito.

Mas a leitura de um texto pode e deve ir além de tudo isso. Assim, para depois da leitura, oferecemos a você — leitor, animador cultural, professor, participante dos mais diferentes grupos — algumas idéias para pensar e para saber mais sobre o tema tratado no livro. São sugestões que você poderá utilizar se quiser e como quiser: elas podem se transformar num bom bate-papo, num debate em grupo, num assunto para pesquisa ou num tema de redação. Você escolhe. Você inventa.

No caso das sugestões de outros livros, vídeos, filmes e sites da internet, sabemos que nem sempre todos terão acesso a esses materiais. Mas fica a sugestão. Talvez você encontre na sua região outros livros, outras imagens, outras músicas relacionados com a obra lida. O importante é que você possa ir além do texto, debatendo temas inspirados na obra, buscando novas fontes para pensar mais sobre o assunto e estabelecendo relações entre o livro e outros modos de contar histórias, como os do rádio e da televisão, por exemplo.

Acreditamos que esse seja um bom começo para jovens e adultos sentirem a felicidade de embarcar na viagem das letras e — quem sabe? — aguçarem a curiosidade para buscar o texto original das histórias adaptadas, visitar bibliotecas, contar e criar histórias suas, encantar-se com a palavra e a imaginação.

PARA PENSAR

1. O ESTUDO E OS LIVROS

Desde 1500 até 1808, era proibido editar livros no Brasil, e as pessoas comuns também eram proibidas de ter livros em casa. Só em 1808, quando Portugal é invadido pelos franceses e o rei vem para o Brasil, é que os livros começam a aparecer e a circular por aqui. Até a independência do Brasil, que aconteceu em 1822, só os muito ricos podiam se tornar médicos, advogados ou engenheiros ou fazer qualquer outro curso universitário, porque era preciso ir estudar na Europa.

Triste fim de Policarpo Quaresma foi publicado em 1915. Nessa época, muito pouca gente sabia ler e escrever no Brasil — só dez por cento da população. Na história, os vizinhos se irritam porque Quaresma tem livros em casa, acham que ele enlouqueceu porque lia, dizem coisas como "Esse Quaresma! Podia estar bem, mas foi meter-se com livros".

1. O que se diz agora a respeito de pessoas que gostam de ler?

2. Por que você resolveu voltar ou começar a estudar agora?

3. Por que não havia oportunidades para que todos aprendessem a ler naquela época?

4. Por que aumentaram as oportunidades para que mais gente aprenda a ler e a escrever agora?

5. Que valor as pessoas davam para quem estudava naquela época e que valor dão hoje em dia para quem estuda?

2. O TRABALHO

Quando o rei de Portugal se muda para o Brasil, em 1808, ele traz as pessoas da corte, isto é, as pessoas que eram sustentadas com o dinheiro da venda do açúcar brasileiro para os outros países da Europa. Essas pessoas ganhavam títulos de barão, de marquês, etc. e viviam em festas no palácio real. Quando chegam no Brasil, tentam viver aqui como viviam lá, isto é, às custas do dinheiro público, sem trabalhar.

A história de Policarpo se passa cem anos depois, já na República e, como vimos, o ambicioso Genelício quer ser diretor de sua seção no Tesouro, o médico Armando Borges quer um emprego público, Albernaz quer que a filha case com um militar, que tem um salário certo no fim do mês. Todos os demais militares correm atrás de promoções, de gratificações, de comissões, etc.

1. Como eram produzidas as riquezas que sustentavam todo esse pessoal?

2. Que valor as pessoas dão, no livro, para os que trabalham, como, por exemplo, Anastácio, Felizardo, Mané Candeeiro? Que valor dão para quem ganhou dinheiro com o próprio trabalho, como, por exemplo, o antigo verdureiro Vicente Coleoni?

3. O trabalho braçal é valorizado hoje no Brasil?

4. Que valor tem quem se forma e ganha um título?

5. O livro nos conta que o major Quaresma chegava em casa às quatro e quinze da tarde e que ele acordava cedo para ler na sua biblioteca até às dez horas, quando ia almoçar. O fato de não haver luz elétrica naquele tempo é uma das diferenças entre aquela época e a nossa. O que você acha dessas diferenças? Como você acha que era viver naquele tempo?

6. Como você vê os funcionários públicos hoje? Você já viveu situações nas quais algum funcionário público prestou um bom ou mau serviço?

3. NACIONALISMO E COLONIALISMO

Lemos que Policarpo Quaresma fica muito irritado com um colega que diz que o maior desejo dele é conhecer a Europa. O Quaresma diz que ele deveria querer conhecer o Brasil, e o colega responde que aqui só tem mosquitos e doenças. Esse colega era o que podemos chamar de "colonizado", isto é, uma pessoa que pensa que só o que vem de fora do nosso país tem valor. De outro lado, o nacionalismo de Quaresma é fanático: ele acha que tudo no Brasil é melhor do que em qualquer outro lugar do mundo: os rios são maiores, a terra é mais fértil. Nacionalismo e colonialismo são duas atitudes muito comuns entre nós.

1. Você conhece pessoas com posturas nacionalistas ou colonizadas? Como é que elas expressam essas posições?

2. Ao longo de sua vida você tem observado mudanças de atitudes das pessoas com relação a isso? Houve época em que as pessoas eram mais colonizadas ou mais nacionalistas do que são hoje em dia?

3. Como é que você se coloca entre esses dois extremos?

4. Como é que você tentaria convencer alguém que está querendo sair do Brasil a ficar aqui ou como você tentaria convencer alguém que o melhor a fazer é sair do Brasil?

5. Felizardo diz para Olga que o governo não gosta de brasileiros e dá tudo para os estrangeiros. O marechal Floriano, presidente da República, diz para Quaresma que não vai botar enxada na mão do povo porque o povo é vagabundo e vai usar as enxadas para assaltar e não vai ter exército que controle esse bando todo. Nos últimos anos, como é a relação do governo com o povo brasileiro? Atualmente, que ações e que discursos do governo em relação ao povo você recorda?

4. MULHERES

Vamos olhar para as mulheres que aparecem nesta história. Adelaide vai de um lado para o outro com o irmão porque já se acostumou com isso e porque nunca casou. Ismênia enlouquece e morre porque o noivo vai embora e ela se acha incapaz de arranjar outro. Olga descobre que o noivo dela é um picareta e casa com ele mesmo assim porque acha que, se não for com ele, vai ser com um outro patife igual. As irmãs de Ismênia ficam felizes quando ela fica noiva porque isso significa que está chegando a vez de cada uma delas. Nas festas, a conversa entre as moças é sempre sobre moda e festas. Olga pensa que ela só poderia fazer alguma coisa pelos miseráveis que fica conhecendo em Curuzu se tivesse nascido homem. Nenhuma dessas mulheres estuda, nenhuma delas trabalha, a não ser a negra Maria Rita, que quando mais moça era lavadeira, e sinhá Chica, esposa de Felizardo, que era rezadeira.

1. O que tinham em comum e em que eram diferentes as mulheres que trabalhavam e as que não trabalhavam?

2. Você acha que o casamento ainda tem tanta importância para as mulheres de hoje?

3. Ao longo de sua vida, que mudanças você tem observado na situação da mulher?

4. Que importância as mulheres de hoje dão para o estudo e o trabalho?

5. O que você acha que fez mudar a situação da mulher no Brasil e no mundo nos últimos cem anos?

6. O que terá levado Lima Barreto, o autor da história, a botar justamente na boca de Olga, uma mulher, a mensagem final de respeito pela dignidade de Quaresma e de esperança no futuro?

FILMES

Triste fim de Policarpo Quaresma (1998), de Paulo Thiago: o filme recria a obra de Lima Barreto com certa fidelidade ao livro.

Mauá, o Imperador e o Rei (1999), de Sérgio Rezende: no Rio de Janeiro, entre 1861 e 1889, Irineu Evangelista de Sousa, barão e visconde de Mauá, constrói sua fortuna e trabalha para que o progresso chegue ao Brasil. Apesar das intrigas que sofre, Mauá colabora para a chegada da luz elétrica e do transporte ferroviário. O filme inspira-se na idéia de pátria sem cair em um nacionalismo extremado.

Chiquinha Gonzaga (1999), minissérie da Rede Globo: no Rio de Janeiro imperial, da segunda metade do século 18, Francisca Edwiges Neves Gonzaga, a Chiquinha Gonzaga, luta pela afirmação da música popular brasileira e da sua condição de mulher numa sociedade dominada pelo colonialismo europeu e pelo autoritarismo machista.

Macunaíma (1969), de Joaquim Pedro de Andrade: baseado no livro *Macunaíma*, de Mário de Andrade, escrito em 1928, o filme conta a história fantasiosa de um sujeito que vai do interior para a cidade grande.

LIVROS

Mauá, empresário do império. Jorge Caldeira. São Paulo: Companhia das Letras, 1995. Conta a vida do visconde de Mauá (1813-1889), importante empresário brasileiro do século 19, que colaborou para o progresso e o desenvolvimento do Brasil, mas foi vítima de intrigas.

Chiquinha Gonzaga: sofri, chorei e tive muito amor. Dalva Lazaroni. Rio de Janeiro: Nova Fronteira, 1999. Romance biográfico que mistura personagens e fatos reais e situações inventadas para contar a história de Chiquinha Gonzaga, precursora da música brasileira e das lutas pela liberdade e afirmação da mulher no Brasil.

A questão nacional na Primeira República. Lucia Lippi Oliveira. São Paulo: Brasiliense, 1990. Análise sobre o nacionalismo no Brasil, apontando o personagem Policarpo Quaresma como tipo característico do homem brasileiro no início da República.

A vida de Lima Barreto. Francisco de Assis Barbosa. Rio de Janeiro/Brasília: José Olympio/MEC, 1981. Biografia do escritor Afonso Henriques de Lima Barreto (1881-1922), autor de *Triste fim de Policarpo Quaresma.* Construída a partir de material histórico (cartas, fotos, notas, diários, recortes de jornal), narra com detalhes a trajetória do escritor, de sua infância a sua loucura e morte.

Nasce a República: 1888 - 1894. Hélio Silva e Maria Ribas Carneiro. São Paulo: Editora Três, 1975. Os autores abordam o declínio do Império e o nascimento da República no contexto mundial e nacional, apontando questões econômicas, religiosas e políticas. A obra traz uma interessante cronologia que vai da Lei do Ventre Livre, em 1871, até a Proclamação da República, em 1889, além de um álbum fotográfico.

I-Juca Pirama. Gonçalves Dias. Porto Alegre: L&PM, 1997.

Canção do Exílio, poema de Gonçalves Dias.

Carta de Pero Vaz de Caminha. Silvio Castro. Porto Alegre: L&PM, 1985

Histórias com o personagem Jeca Tatu, de Monteiro Lobato.

SITES

http://www.cce.ufsc.br/~nupill/literatura/literat.html
Este site permite que você leia no computador a obra de vários autores da literatura brasileira. Procure em "Século XX" o nome de Lima Barreto.